응원 한마디
힘내라
이반지하
2023

사탕을 음미하고,
삶을 탐하고,
사랑을 누리며
천선란

사랑이 불가능해도,
사랑에 대한 소설을
읽는 일은 가능할 거예요.
　　　서장원

알고 보면 봄 여름 가을 겨울
사계절이 다 사랑의 계절
　　　　　호두

모든 지향은 타당하다.
그리고 나에게는 갈이 있다.
있었다. 있을 것이다.
　　　　　정보라

새로운 사랑이 시작되기를.
　　　　박서련

서로의 계절에 잠시

서로의 계절에 잠시

천 선 란
이반지하
오 호 두
서 장 원
정 보 라
박 선 우

차례

검은 혀 • 천선란   7

잉글리시 캠퍼 • 이반지하   39

모노의 봄 • 오호두   77

흰 밤 • 서장원   111

지향 • 정보라   137

사랑의 방학 • 박선우   167

검은 혀

―쉿, 쉬잇.

그녀가 움직일 때마다 핸드백 체인이 휴지 걸이에 부딪힌다. 시원하게 떨어지지 못한 채 끈적하고 찝찝하게 턱 끝에 매달린 그녀의 땀이 보인다. 그녀가 세수하면 좋겠다고 생각한다. 끈적한 설탕이 섞인 침이 사탕 막대기를 타고 흘러 주먹 쥔 손을 파고든다. 씻고 싶다. 공용 화장실에 놓인 비누로 내 손과 그녀의 얼굴을 닦고 싶다. 당장이라도 이 좁은 화장실 칸을 뛰쳐나가고 싶다. 젖은 수건으로 내 혓바닥을 닦는 내내 그녀는 연신 입술을 동그랗게 오므리며 마치, 내 욕망을 훤히 꿰뚫고 있는 것처럼, 나를 달랜다. 쉬이, 쉬잇. 별거 아니라는 듯. 하지만 나를 가장 불안하고 불편하게 만드는 건 그녀다.

화장실로 누군가 들어오자 그녀는 잠시 손을 멈춘다. 방문자가 옆 칸에 들어가 걸쇠를 걸고, 용변을 보는 동안 그녀는 침조차 삼키지 않는다. 그저 그가 나가기를 기다린다. 방문자가 물을 내리고, 걸쇠를 열고 나가 손을 씻는 소리가 난다. 그리고 잠시 아무런 소리도 나지 않는다. 아마도 거울을 보거나 핸드폰을 만지고 있을 것이다. 그녀가 자주 그러하듯이. 찰나의 순간 동안 그녀는 끊임없이 침을 삼킨다. 잠긴 문 너머에서 아무런 기척이 없는 게 더 수상할 텐데. 하지만 다행스럽게도 방문자는 의심 없이 화장실을 나간다. 화장실에 다시 우리만 남게 되자, 그녀는 사탕의 파란 물을 닦아 낸 손수건을 핸드백에 넣고, 검은 펜을 꺼낸다. 1.75화로의 싸구려 볼펜. 맛이 역겹다. 하지만 저렴해서인지, 아니면 물에 지워지지 않아서인지 그녀는 언제나 그 펜만 고집한다. 익숙하게 내민 혀를 그녀는 뽑을 듯이 움켜쥐고 색을 칠한다. 콘크리트 바닥을 핥는 듯한 맛. 사탕을 또 물고 싶다. 그래서는 안 되지만.

  다 녹아 끈적해진 사탕을 휴지통에 버리고, 세면대에서 손을 씻는다. 그때 화장실로 또 다른 방문자가 들어온다. 그러나 그녀는 아까처럼 긴장하지 않는다. 무너진 머리 모양을 다시 잡고, 손을 씻으며 눈이 마주친 방문자와 가볍게 인사한다. 방문자는 거울을 보며 립글로스를 바른다. 치아에 묻은 립글로스를 훔치는 혀가 검다. 얼룩 없이 매끈하다. 그녀가 갈망하는 것이다.

화장실을 나가기 전, 그녀가 내 어깨를 붙잡고 당부한다. 둥글게 자른 손톱이 뾰족한 칼날처럼 어깨를 파고든다.

─세실라, 밖에서는 사탕을 먹으면 안 된단다. 사탕은 혀에 칠한 잉크를 녹이거든. 혀를 잘 감추어야 해. 그래야 이 테가디아에서 존중받으며 살 수 있단다.

그녀가 이번에는 내 뺨을 붙잡는다. 손가락을 굽혀서, 단단하게.

─너는 코덧이야. 너는 코덧이야, 너는 코덧이란다…….

그녀의 혀를 본다. 그녀가 아침마다 정성스럽게 칠하는 혀. 말리고, 덧바르고, 말리고 덧바르고. 그렇게 바르면 맛이 느껴지지 않는다. 깨끗하게 지우기도 힘들어 혀에는 언제나 찌꺼기가 남았다. 아무것도 바르지 않은 그녀의 혀는 지저분했다. 아무리 덧발라도 목젖과 맞닿는 그녀의 혀뿌리는 양홍색이다. 나는 그 사실을 그녀가 죽을 때까지 말해주지 않았다.

*

지금 앞에 앉아 있는 아이는 내가 뭐라고 지껄이든 그 말은 뒷등으로도 듣지 않겠다고, 온몸으로 말하고 있다. 평소 말을 잘 따르고 교우 관계가 좋으며 성적이 우수한 학생이었다. 코덧이라 믿어 의심치 않았다. 나는 단 한 번도 이 아이가 지구인일 거라고 생각한 적 없었다. 그런데 아이는 지금 선홍빛 혀를 부끄럼 없이 내보이며 무엇이 문제냐는 듯한 순진무구한 얼굴로 나를 보고 있다. 부끄러워진다. 목구멍에 꺼슬꺼슬한 무언가 걸려 있다. 소리를 냈다가는 그것에 목이 긁혀 피가 날 것만 같다.

다른 선생님이 내 뒤를 지나가며 혀를 찬다. 나만 들은 게 아닐 텐데 아이는 듣지 못한 척 나만 응시한다. 나는 볼 것 없는 서류를 뒤적이며 아이의 시선을 피한다. 내가 감춘 무언가를 아이가 보고 있는 듯한 착각에 빠진다. 이를테면 혀뿌리. 혀를 뽑아내지 않는 이상 보이지 않을 걸 알면서도. 목소리가 자꾸 작아진다.

정규 수업을 마치고 잔업을 끝낼 때까지 아이 생각이 머리에서 떠나질 않는다. 아이는 오전 상담을 마치고 조퇴했다. 내가 권유했다. 반 친구들이 혼란스러워할 수 있으니까, 오늘은 집에 가는 게 좋겠다고, 권위나 강경함이라고는 조금도 없이 횡설수설하며 말했다. 아이는 나지막이 물었다.

—제가 잘못한 건가요?

아니라고 바로 말해주었어야 했는데, 그러지 못했다. 잘못이 전혀 없다고도 말할 수 없어서, 친구들을 속인 건 잘못이라고 대답했다. 그러자 곧장 들리는 아이의 헛웃음 섞인 한숨. 그 뒤를 따라온 허탈한 혼잣말.

—속인 게 아니고 숨긴 건데.

더는 일이 손에 잡히지 않아 그만 컴퓨터 화면을 끈다. 어느덧 밤 9시를 넘어가고 있다. 창밖으로 짙어진 노을이 보인다. 퇴근을 준비하는데, 맞은편에 앉아 있던 선생님이 고개를 든다. 평소 일이 끝나면 꼭 누구든 붙잡아 술 한잔 마시고 가는 선생님이다. 그 상대는 학교 행정실 직원일 때도 있고, 급식실 직원일 때도 있고 가끔은 교감 선생님일 때도 있다. 하지만 나에게는 묻지 않는다. 발령받아 처음 이곳에 왔을 때는 몇 번 물었지만 내가 매번 거절했다. 그때 내 태도가 그렇게 냉랭했을까. 그저 술을 마시지 않는다고 답했을 뿐인데, 저 선생님이 누군가에게 나를 대하기가 어려우며 무섭다고 말하는 걸 자주 들었다. 뭘 그런 거 가지고 상처받느냐고 묻고 싶다가도, 살아온 환경은 모두가 다르다고 나를 타이르고 만다. 특히나 코딧 종족은 세상을 판단할 때 자신을 기준으로 삼는다. 대개의 성향이 그렇다. 이해시키려고 설명하면 가르친다며 화를 내니, 되도록 언쟁을 피하는 것이 좋다. 역시나 저 선생님은 눈이 마주쳐도 말을 걸지 않는다. 나는 수고했다는 말을 쪽지처럼 흘려놓고 자리를 뜬다. 선생님은 내 말을 줍지 않고, 내 말은 그대로 바닥에 버려진다.

'플베토라'는 시내에서 한참 떨어진 공용주차장 옆에 조그맣게 자리 잡은 반지하 술집이다. 홀로 술을 마실 수 있는 자리는 창가의 높은 테이블뿐인데, 지나다니는 행인의 발을 봐야 한다. 열다섯 명이 들어오면 꽉 차는 작은 가게지만, 여기만 찾는 단골이 많아 늘 자리가 없다. 그래서 구석에 있는 창가가 내 고정석이 됐다. 이곳을 자주 찾는 건 시내와 떨어져 있어 주변이 소란스럽지 않고, 술값이 저렴해서다. 그렇지만 더 큰 이유는 지구인이 많이 와서다. 몇몇은 지구인이 아닌 척하고 있지만, 그게 티가 나도 아무도 신경 쓰지 않는다. 나는 잠시나마 얄팍한 소속감을 느끼러 이곳에 온다. 오늘처럼 마음이 뒤숭숭한 일이 있을 땐 반사적으로 찾는다.

칠이 벗겨진 철문을 열고 들어가자, 이상하게도 창가 자리가 꽉 찼다. 남는 자리는 4인석뿐이다. 혼자서 4인석을 차지하는 게 멋쩍어 돌아가려고 하자, 가게 주인이 나를 부른다. 단골이지만 이름을 알지 못하니 "이봐요" 한다.

"그냥 여기 앉아요. 누가 앉겠다고 하면 그냥 자리 한편 내드리고."

머뭇거리다 주인의 말대로 그곳에 앉는다. 개방형 주방과 가까워 주인이 하는 요리가 눈에 훤히 보이는 자리다. 늘 먹던 것을 고르려다 그가 프라이팬에 굽고 있는 버섯이 탐스러워 보여

그걸 시킨다. 오늘은 어쩐지 그러고 싶은 날이다. 자리가 새로워지니 보이는 시야도 달라진다. 꼭 낯선 가게 같은데, 소음이나 냄새는 익숙해 기분이 오묘해진다.

"속이고 지원했더라고. 오늘 그거 때문에 부대가 뒤집어졌어."

어수선한 실내에서 유독 뚜렷하게 들리는 음성을 따라 고개를 돌리니, 옆 테이블에 앉은 군인이 보인다. 붉어진 목덜미를 어루만지는 그의 팔에 새겨진 문신은 부대의 표식이다. 동행인은 군인이 아닌지, 이해할 수 없다는 듯한 표정이다.

"지원할 때 서류에 다 쓰지 않아?"

"종 쓰는 칸 사라진 지가 언젠데."

"그럼 그거 진짜 거슬리겠네. 그럼 그 지구인은 어떡해? 쫓아내지는 못 해?"

"쫓아내지 말라고 종 적지 말라는 건데 방법이 있나? 앞으로 주의 깊게 봐야지. 어쨌든 귀찮게 됐어."

─속인 게 아니라 숨긴 거예요.

그 아이의 말이 떠올라, 앞에 놓인 술을 비운다. 종을 표기하는 건 이제 불법이다. 공공기관 시험은 물론이거니와 한낱 담임이 출석부에 끄적이는 것조차 법적 처벌을 받을 수 있다. 시행된 지는 꽤 오래되었다. 내가 학교에 다닐 때도 그런 제도는 있었다. 하지만 그 법은 위선과 달래기용 개혁이자, 허울이었으며,

그저 입막음용이었다. 종을 표기하지 않아도 지구인과 코덧은 피의 색이 다르다. 지구인은 가죽을 벗기면 붉겠지만, 코덧은 검다. 지구인의 피는 붉고, 코덧의 피는 검다. 그 선명한 차이는 입술과 혓바닥에서 더욱 드러난다. 하지만 입술은 언제나 갖은 색으로 감추어져 있다. 모두가 빨갛고, 노랗고, 검고, 파란 색깔을 입술에 덧칠한다. 입술은 가장 부자연스럽고 인위적으로 다름을 감춘다. 그러니 혓바닥 하나, 입을 여는 순간 지구인은 자신의 붉은 속살을 내비칠 수밖에 없다.

"당당하지 못할 게 뭐가 있다고 계속 그런 식으로 음침하게 숨기는지 모르겠어. 지구인이 여기 온 지 300년이나 지났는데. 그거 다 자기들 피해망상 아니야? 우리가 뭘 했다고? 같이 살게 해줬는데."

고작 300년밖에 흐르지 않았구나. 증조할머니는 자주 지구 이야기를 들려주었다. 오염된 공기와 토양, 기름으로 뒤덮인 바다, 썩어버린 행성이라 배운 지구와는 사뭇 달랐다. 대지를 덮는 석양, 지구를 관망하는 달, 검게 요동치는 파도, 꿋꿋하게 피어나는 꽃잎, 절망을 끌어안는 지구인의 노래와 그 몸짓, 희망을 놓지 않는 눈동자. 그리고 끝내 희망을 찾았을 때 서로를 끌어안던 밤. 하지만 증조할머니가 말했던 지구는 이곳에서도 전부 볼 수 있다. 이곳에도 석양이 있고, 지구의 달보다 더 크고 선명한 위성 펠스가 있으며, 푸르다 못해 투명한 바다, 그리고 지구인과 다르지 않은 코딧이 있다. 코딧은 자신들과 다르지 않다는 이유로 방랑자가 된 지구인을 받아주었다.

"좀 앉읍시다."

하마터면 술을 쏟을 뻔한다. 함께 쏟아질 뻔한 심장을 쓸어내리며 고개를 돌리자, 테이블 대각선 자리에 한 여자가 앉는다. 남색 스웨터에 진청바지, 귓불에 진주 귀걸이. 부담스러운 액세서리 하나 없이 단정한데, 여자는 어쩐지 불량스러워 보인다. 미간을 살짝 구긴 얼굴 때문일까. 테이블에 함께 앉은 이를 흘겨보지도 않고 휴대전화만 보고 있는 무심함 때문일까. 주문도 하지 않고 휴대전화만 쳐다보고 있는 여자에게 주인이 말도 없이 술을 건넨다. 단골이구나. 항상 행인의 신발만 쳐다보느라 누가 이 집 단골인지도 몰랐다는 것을 깨닫는다. 알았다고 해서 달라지는 것은 없지만.

시선을 돌리지만 이상하게 자꾸 눈길이 간다. 일을 하는 것 같은데, 어떤 일을 하기에 술집에 와서까지 휴대전화만 붙들고 있는 걸까. 이곳은 집중이 되지 않을 텐데. 사정이 복잡한 걸까. 생각이 끊임없이 증식하고 쪼개진다. 여자가 다 마신 맥주잔을 테이블에 탁, 내려놓는다. 머릿속에 가득했던 거품이 한순간 터진다. 어쩌면 여자는 평계일지도 모른다. 아이를 생각하지 않기 위한.

  그렇게 생각을 정리하고, 자리에서 일어나려는데 여자와 눈이 마주친다. 여자의 시선은 올가미 같다. 이상하게 목을 죄어오는 느낌이다. 하지만 여자는 나를 숨 막히게 할 의도가 전혀 없어 보인다. 쌍꺼풀 없이 긴 눈매와 그 밑에 까맣게 찍힌 눈동자. 가리지 않은 주근깨, 끝이 말린 입술.

"왜요?"

여자가 묻는다. 내가 물어야 하는 거 아닌가.

"아까부터 계속 쳐다보길래. 할 말이 있나 싶어서."

  여자가 웃는다. 안주로 나온 과일을 물고 꼭지를 따는데, 잇새로 보이는 여자의 혀가 붉다.

*

  아이는 종일 엎드려 있다. 문제 풀이를 시킨 뒤 책상 사이를 지나가며 아이를 깨워야 할까 고민했지만 그러지 못했다. 아이가 자고 있지 않다는 걸, 잔뜩 긴장한 등을 보고 알았으니까. 아이가 세워둔 장벽을 일부러 열지 않았다. 억지로 열려고 시도했다가는 차단막이 내려와 영원히 갇힐지도 모른다. 내가 그러했듯이.

수업이 끝난 후 반장이 수행 평가 자료를 들고 교무실을 찾았다. 반장은 그 아이가 수행 평가지를 내지 않았다고 말했다. 알겠다고 대답했는데 반장이 자리를 뜨지 않는다. 몸을 틀어 반장을 쳐다본다. 하고 싶은 말이 있으면 하라는 듯이.

"선생님 이거 드세요."

반장이 사탕을 내민다.

"저희 반은 괜찮아요."

맥락을 알 수 없는 말이다. 반장도 깨달았는지 서둘러 말을 덧붙인다.

"저희는 다 이해하기로 했어요. 어쩔 수 없는 거잖아요. 그냥 태어난 걸······. 그렇다고요. 선생님이 알고 계셔야 할 것 같아서요."

기특하다고 말해줘야 하는데. 반장도 그걸 바라고 있다. 이해심이 깊구나, 좋은 친구들이야, 역시 멋있다 따위의 말을 기다리고 있는 것이 보이는데, 입술이 떨어지지 않는다. 나는 입술을 가느다랗게 늘리며 웃는다. 그뿐이다. 입을 열었다가는 질문이 쏟아질지도 모른다. 어떤 반응을 원하니? 잘했다고 해줘야 하니? 대체 뭘?

반장이 돌아간 뒤에도 일이 손에 잡히지 않는다. 반 아이들이 그 아이에게 직접 말했을까. 아이의 책상 주변에 다 같이 모여 앉아 반장이 대표로 그 아이의 손을 붙잡고, 나에게 말한 것과 별반 다르지 않은 말을 했으리라. 좁은 화장실 칸에 가둬두고 내 혀를 검게 칠하던 엄마와 다르지 않은 모습일 테지. 화장실에서 맡았던 락스 냄새가 난다. 속이 좋지 않아 반장이 준 사탕을 서랍에 넣어둔다. 잠시 의자에 기대어 눈을 감는다. 엎드려 있던 아이를 떠올리지 않기 위해 머릿속을 헤집는다. 다른 걸 찾아야 한다. 몰두할 수 있는 다른 장면을. 캄캄한 시야로 은구슬 하나가 떼구루루 굴러온다. 그 여자의 혀에 은색 피어싱이 있었다.

　—무슨 일 해요? 퇴근 시간이 꽤 규칙적이고, 옷이 늘 단정해서 공무원이나 선생님일 거라고 생각했는데.

　여자는 마치 오래도록 나를 지켜봐 온 것처럼 말했다.

　—나를 봤어요?

　—왜 몰라요? 매번 저기 앉았잖아요.

　여자가 창가 자리를 턱 끝으로 가리켰다.

　—만날 사람들 발만 보고 있으니 모르지. 당신보다 내가 더 오래된 단골인데. 맨날 똑같은 거 마시고, 안주도 안 먹고.

　누군가가 나를 끈질기게 보고 있었다는 사실에 얼굴이 화끈해졌다. 평소 자세가 어땠더라. 등은 펴고 있었던가. 바보 같은 표정을 짓지는 않았을까. 나도 모르는 추잡스러운 습관이 있지 않을까. 여자가 웃는다.
 ─늘 꼿꼿하게 앉아 있었고, 표정은 심각했어요.
 ─…….
 ─그걸 걱정하는 것 같길래. 아닌가?
 여자가 웃으며 컵을 물자, 혀에 있던 피어싱이 컵에 부딪힌다. 그 소리에 정신 차리듯 눈을 뜬다. 끝날 때까지 아직 한 시간이 남았다. 마음이 조급해진다.
 창가 자리가 비어 있었지만 고민하다 어제 앉은 테이블에 앉았다. 여자는 그때처럼 나보다 30분가량 늦게 술집으로 들어왔다. 다른 자리가 비어 있음에도 여자는 마치 나와 동행인 양 어제와 같은 자리에 앉았다.
 "와. 내가 어제 너무 아는 척해서 이제 안 올 줄 알았는데. 다행이다."
 "여기는 제가 더 오래 다닌 것 같은데요."
 목에 힘을 주어 말한다. 어제는 여자의 말을 일방적으로 듣다 헤어졌다. 헤어졌다고 해야 하나, 도망쳤다고 해야 하나. 여자의 혀를 본 순간부터 내 시선은 길을 잃었고 말들이 귓가에 들어오지 않았다. 술을 마셔서라고, 술을 마셔서 그런 거라고 집에 가는 내내 달아오른 뺨을 문지르며 생각했다. 분명 여자가 보기에도 멍청해 보였으리라. 그 오해를 벗고 싶었다.

내 대답에 여자는 언뜻 놀란 듯하다, 웃는다. 웃음을 머금은 입이 시원하게 벌어진다. 따라 웃게 만드는 입이다.

"오늘은 몇 시에 갈 거예요?"

"글쎄요. 피곤해지면 가려고요. 지금은 별로 피곤하지 않아요."

지금 내 말에는 객기가 있다. 여자는 내 눈을 지그시 바라보다 술을 따른다.

피곤해지면 갈 거라고 했지만 집에 도착한 건 새벽 두 시였다. 평소보다 더 늦었다. 집에 들어오자마자 신발만 벗은 채 소파에 드러누웠다. 평소보다 과음한 탓에 속이 울렁거렸지만 나쁘지 않다. 눈을 감고 있어도 느껴지는 어지러움에 몸을 맡긴다. 어떤 이야기를 했더라. 웃고 떠든 장면은 기억나는데 내용은 떠오르지 않는다. 그거면 됐다. 내가 누군가와 웃으며 대화를 했다는 것이, 테이블을 두드리다 눈물까지 훔쳤다는 것이 생소하고 이질적이었지만 마음에 든다.

―밖에서 그렇게 웃고 다니지 말라고 하지 않았니?

즐거웠던 기억을 곱씹는데, 소파 끄트머리에 앉은 그녀가 산통을 깬다. 무시하며 몸을 뒤척인다. 편한 자세를 찾아 잠들 요량으로.

―늦게까지 술 마시는 것도 그래. 선생님이잖니. 선생님이면 그러고 다니면 안 되지.

환청이다. 그녀는 죽었으니 내게 말을 걸 수 없다. 그 사실을 아는데도 나는 자주 그녀의 목소리를 듣는다.
―그리고 혀 닦고 자야지. 그거 잘 안 지우면 얼룩 남아서 덧칠할 때 티 많이 나.

그대로 잠들려고 했는데……. 자리에서 일어나 화장실로 향한다. 혓바닥을 닦는 도구에 세척액을 묻히면서, 거울 속의 나를 보지 않으려고 필사적으로 고개를 숙인다. 이런 내가 마음에 들지 않는다. 아직도 일곱 살 아이처럼 그녀의 말을 고분고분 들을 때.

*

아이는 오늘도 엎드려 있다. 벌써 닷새가 되어간다. 수업 중에도, 쉬는 시간에도 아이는 줄곧 같은 자세다. 아이가 저렇게 굳어버린 건 아닐까. 그러면 안 될 텐데. 선생으로서 적절한 지도 편달이 필요한 때인데 아이를 부를 용기가 선뜻 나지 않는다. 무슨 말을 해줄 수 있더라. 무슨 말을 해주어야 하더라. 그런 고민을 하다가, 고민을 외면하다가, 수업 종이 쳐 서둘러 교실을 나온다. 잰걸음으로 복도를 지나가는데, 문득 이 걸음이 익숙하다. 비슷한 무늬의 콘크리트 바닥을 쉼 없이 걸어가던, 왼쪽 납작구두의 리본이 떨어진 줄도 모른 채 걸어가던 엄마와 닮았다.

그날 엄마는 중학교 담임에게 당신 딸이 지구인인 건 상관없지만, 한창 공부할 나이에 지구인이라는 것에만 자꾸 몰두하는 건 도움이 안 된다는 말을 들었다. 고등학교 입학시험에서 면접을 볼 텐데, 그때는 튀지 않는 게 좋다고, 아무리 서류에 쓰지 않는다고 하더라도 혀가 보이면 다 무슨 소용이냐고. 달리 말하자면 지구인이라는 걸 숨기라는 뜻이었다. 나는 그저 먹고 싶은 게 많은 나이였다. 맛있는 걸 먹고 싶었을 뿐이다. 친구들이 맛있다며 주워 먹는 초콜릿의 맛을 혓바닥으로 생생하게 느끼고 싶었을 뿐인데, 엄마는 먹는 것에 환장한 아이라며 나를 경멸했다. 내 걸음은 그날 뒤돌아 걸어가던 엄마의 걸음과 닮았다. 우뚝 멈춰 선다. 복도가 온통 가시밭처럼 보인다.

오후 수업 시간인데 아이가 보이지 않았다. 불길한 예감이 들어 자습을 시키고 아이를 찾았다. 책상에 가방이 그대로 걸려 있었다. 집에 갔을 거란 생각은 들지 않았다. 마음이 답답한 아이는 학교 어딘가를 떠돌고 있을 테고, 그렇다면 화장실이나 강당같이 막힌 곳보다 학교 뒷산이나 옆 공터, 옥상에 있을 확률이 높았다.

아이는 옥상에 있었다. 여분의 책걸상에 앉아 책을 읽고 있다. 마치 교실에서 아이만 똑 떼어내어 이곳에 옮겨 놓은 것만 같다.

내 기척을 느꼈는지 무선 이어폰을 뺀 아이가 나를 본다.

"선생님도 땡땡이를 다 치네."

"여기서 뭐 하는 거야?"

천연덕스럽게 웃는 아이에게 강한 어조로 물으며 다가간다. 아이가 책을 들어 보이며 대꾸한다.

"책 읽고 있잖아요."

"그러니까 왜 여기서 읽느냐고."

"그럼 뭐…… 꼭 교실에서 읽어요? 할 말 없으면 독서 방해하지 마요. 안 죽어요, 걱정 마요."

말을 왜 그렇게 하느냐고 따지려다가 그 노파심이 내게 아예 없던 것은 아니라서 반박하지 못한다. 나를 보는 아이의 눈빛이 장난기로 가득 차 있다. 정녕 근심은 나만 갖고 있다는 듯이.

"진짠가 보네. 약간 감동했어요. 그래도 선생님은 맞나보네."

"요즘 학교 다니는 게 힘드니? 아이들이 뭐라고 해?"

이왕 들킨 거, 나는 숨김 없이 아이에게 묻는다.

"뭐, 비슷해요."

"그래. 아이들도 다 이해해 주고……."

"못 들은 척하는 거지."

아이가 내 말허리를 자른다.

"그게 더 문제 아닌가 싶어요, 나는. 그게 더 기분이 더럽거든요. 아닌 척하면서 그 애들은 말할 때 내 혀만 봐요. 무슨 생각 하는지가 뻔히 보여요. 혀에 집착하는 광인들 같아요. 내가 하는 말보다 내 혀에 집중해요. 징그러워 죽겠어요."

 말을 하는 아이의 감정이 점점 격해진다. 나도 안다고 말해주고 싶다. 같이 욕해주면 좋으련만, 네가 살아온 날보다 딱 두 배 더 산 내가 마주한 숱한 상황들을 말해주면 네 기분이 좀 풀릴 텐데. 하지만 나의 입은, 오래도록 틀어막혀 있던 입은 이 말을 어떻게 꺼내야 할지 모른다. 검은 혀를 하고…….

 "조금만 더 기다려보자."

 결국 나는 내가 가진 말 중 가장 가증스럽고 보잘것없는 말을 내뱉는다.

 "세상이 많이 바뀌고 있으니까. 언젠가 혀를 칠하지 않아도 아무 상관없는 세상이 와, 반드시. 지금도 너를 이해해 주는 이들이 많고, 법적 보호도 있잖아."

 "언젠가."

 아이가 그 단어를 따라 말하더니 코웃음을 친다.

 "선생님, 이상한 말 좀 하지 마요. 나는 지금을 살아요. 현재에 산다고요. 미래 일어날 일들은 미래의 저랑 이야기하세요."

 매를 맞는 기분이다. 당황해서 허둥지둥 주위를 둘러보다, 아이에게 어서 교실로 들어가라고 소리친다. 이 정도 장단 맞춰줬으면 그만하고 들어가라고, 지껄이고 있는 것 같다. 나는 내 입을 조종할 수 없다. 아이는 전의를 상실한 표정으로 자리에서 일어난다. 인사도 없이 나를 스쳐 지나간다. 그 행동이 어떤 말보다 큰 모멸감을 준다.

"너 거기 서."

억한 감정에 아이를 불러 세운다. 옥상을 나가려던 아이는 뒤돌아 나를 본다.

"선생님한테 예의 안 갖출 거야? 그리고 왜 자꾸 뭐가 된 듯이 굴어? 지구인이 여기서 너 하나니? 이 행성 삼분의 일이 지구인이야. 다들 잘 적응해서 사는데 왜 혼자 유별나게 구니?"

그만 지껄이라고 속으로 수없이 되뇐다. 내가 아이라면 나를 옥상 난간 밖으로 밀어버리고 싶었을 텐데, 아이는 망설임도 없이 허리를 굽혀 죄송하다고 사과한다. 아이가 굽힌 허리를 편 순간 나는 고개를 돌려 아이의 눈을 피했다.

"선생님, 근데 적응이 아니라……. 아니에요. 저한테 화낸 거 미안해하지 마세요. 선생님은 그냥 그러실 것 같아서."

아이가 나가고 한동안 옥상에 홀로 남았다. 아무것도 하지 않은 채 우두커니 서 있었다.

돌아온 교무실에는 맞은편 선생님뿐이다. 자리로 가 앉으니, 선생님이 웬일로 말을 건다.

"선생님 반 애 때문에 머리 아프죠?"
"아닙니다."
"딱 봐도 알지. 교사 생활 몇 년인데, 그런 애 처음 보겠어요?"
아무것도 실행되지 않은 컴퓨터 화면만 쳐다본다. 선생님이 제발 입을 다물어주길 바라면서.
"하여튼 누구나 다 하나씩 참고 견디며 사는 거 똑같은데 지구인들만 엄살이 심해요. 이거 해달라, 저거 해달라. 자기들 기준 맞춰주다가는 다른 코딧들이 억울해진다고. 그리고 혀 그거 좀 검게 하는 게 그렇게 불편한가? 몇십만 화로면 안 지워지게 문신할 수 있는데. 심미적인 관점도 생각해야지. 혀가 빨간 건 아무래도 좀 징그럽잖아요."
컴퓨터를 끄고 가방을 챙겨 일어난다. 맞은편 선생님 옆에 서자, 그가 나를 올려다본다. 무의식적으로 벌어진 입. 그 속의 검은 혀. 각종 책이 들어 있는 가방을 쥐고 선생님의 머리를 내려친다. 아이에게 말을 내뱉었을 때보다 의식은 또렷했고, 할 수만 있다면 저 검은 피가 다 뽑힐 때까지 멈추고 싶지 않았다.

*

휴대전화는 오전 내내 울렸다. 알람을 끄고 잤음에도 이른 시간에 깬 건 그 탓이었다. 소파 밑에는 술병이 가득 나뒹굴었고 머리는 깨질 듯이 아팠다. 휘청이며 냉장고까지 걸어가 물을 꺼내 몸 속에 쏟아붓듯 들이킨다. 차가운 물이 옷을 적시자 술이 좀 깨는 듯하다. 여전히 울려대는 휴대전화 전원을 꺼버리고 화장실로 향한다. 혀를 길게 늘어트린다. 턱 끝에 닿을 정도로. 얼룩덜룩한 혀를 손가락으로 긁는다. 손톱으로 긁은 곳에 붉은 피가 맺힌다. 잠깐 나다 멈출 줄 알았는데 상처가 꽤 깊이 난 모양인지 혀를 뒤덮을 정도로 피가 흐른다. 세면대 위로 뚝뚝 떨어지는 피는, 붉다 못해 새빨갛다.

다시 잠들었다 눈을 떴을 때 하늘은 이미 어두웠다. 그래도 하루를 끝내기가 싫었다. 혀는 어느새 아물어 어디가 긁혔는지도 알 수 없었다. 검은 잉크를 묻힐 수 있어 다행이었다.

플베토라로 향한다. 가고 싶지 않았지만 집에 계속 있다가는 휴대전화 알람음 환청에 머지않아 미칠 거였다. 학교는 한바탕 난리가 났을 거고, 그 선생님은 평소 자신이 느꼈던 내 음침함에 대해 열변을 토했으리라. 자신이 맞았다는 사실을 깨닫지 못하고 가만 머리만 감싸던 아둔한 것. 어떤 방식의 폭력도 당해본 적 없는 듯한 천운의 것. 그 순간 내가 느낀 감정은 부러움이었을까. 아무래도 아닐 것이다. 부러움 역시 손끝이라도 닿아본 적 있어야 가능하다. 들여다본 적 없는 막(膜) 너머를 부러워하는 건 그저 시기와 아집일 뿐이다. 한데 이것은 반대도 마찬가지인데. 살아본 적 없는 삶을 쉽게 꺼내는 것은, 더욱이 그 삶을 납작하게 누르는 것이야말로 한 세계를 죽이는 살인의 행각과 다르지 않은데. 그 선생님은 모를 것이다. 그걸 알았더라면 애초에 나한테 맞는 일도 없었을 테니.

선생님들끼리 모여 교무실에서 난데없이 벌어진 폭력 사태에 대해 논하는 상상을 한다. 갑자기 왜 이런 일이 벌어졌는지를 따져 묻다가, 평소 내가 어땠는지를 톺아보고, 문득 누군가 그러고 보니 내가 지구인이 아니냐며, 지구인은 원래 다혈질이고 파괴적인 성향이 강하다던데, 누구 정확히 아는 사람 없느냐고 수군대겠지. 돌아가고 싶지 않다. 무서워서가 아니다. 피곤해서도 아니고. 어쩌면 이 행성에 떠도는 말처럼 나의 폭력성이 강해서일지도 모른다.

여자가 오늘따라 일찍 도착해 있다.

그런 비슷한 말을 하며 앞에 앉자, 여자가 반박한다.

"그게 아니라 그쪽이 늦었어요."

시계를 보니 내가 이곳에 오는 시간보다 한 시간가량 늦었다.

"오늘 일 안 갔나? 몰골이 그래 보이는데요."

"짜증 나서요."

여자의 얼굴이 설명을 더 바라는 듯하다.

"말이요. 말이 짜증 나서 참을 수가 없었어요."

무엇에 화가 났는지를, 그 아이가 지구인이었고 나 역시 지구인이어서 그 아이를 힐난하는 걸 참을 수 없다는 것만 빼고 이야기했다. 어제 그런 일이 있어서 술을 너무 많이 마셨고, 눈을 뜨니 이미 출근 시간이 한참 지나 있었더라고. 그리고 꿈에 보고 싶지 않은 이가 자꾸만 찾아온다고.

여자는 잠자코 내 말을 듣는다. 또다시 내 시선은 여자가 술과 안주를 먹기 위해 무심하게 입을 열 때마다 보이는 혀에 닿는다. 말을 내뱉고 있지만 전혀 집중되지 않는다. 내가 무슨 말을 내뱉는지 모르겠는 상태로, 여자의 붉은 혀를 유심히 바라보며 그 속을 타고 흘러갈 붉은 피를 떠올린다. 전신을 훑고 심장에 도달하겠고, 그 심장은, 붉고 여린 심장은 따끈따끈하게, 하지만 강인하고 벅차게 뛰고 있으리라. 혀와 비슷한 모습을 하고.

한참을 이야기하다, 너무 혼자서만 떠들고 있다는 걸 인식하자마자 서둘러 말을 마무리한다.

"그러고 보니 당신 이야기는 거의 못 들었네요. 당신 이야기해줘요."

"별로 재미없을 텐데."

"궁금해요."

"어떤 게요?"

당신의 혀. 언제부터 칠하지 않은 것인지. 태어나서 한 번도 칠해본 적이 없는지. 그 혀가 일으킨 사건은 없는지. 붉은 혀를 가지고 사는 건 어떤 느낌인지, 부모님은 어떤 분들이고……. 하지만 나는 이 중 어떤 문장도 입 밖으로 꺼내지 못한다.

"지구인이랑 코딧이 애를 낳으면 코딧이죠?"

여자의 물음에 고개를 끄덕인다. 내 대답에 여자가 코웃음을 치며 말한다.

"엄마가 지구인이고 아빠가 코딧이에요."

그리고 붉은 혀를 내밀어 보인다.

"제가 지금 하는 말이 무슨 뜻인 것 같아요?"

"아니, 그건 말이…… 유전적으로 둘 중에서는 코딧이 훨씬 우성이고……."

"그럼 지금 제가 거짓말하는 건가요?"

그럴 이유가 없지 않은가. 그렇기에 더 당황스럽다.

"그냥 운이라는 거예요. 지구인과 코딧이 결혼했을 때 지구인이 나올 확률, 코딧이 나올 확률 똑같이 반반. 어떤 유전적 우월함도 없이. 근데 나는 다르게 생각해요. 코딧이 지배적인 이 행성에 지구인은 성공적으로 뿌리내렸잖아. 그럼 지구인이 더 강한 거 아닌가?"

"통곗값이 그렇지 않아요. 코딧일 확률이 99퍼센트고…… 당신 같은 경우가 특이한 걸 거예요."

"하긴, 그건 그래요. 나처럼 새빨간 혀로 태어나는 건 특이하긴 해. 대개가 점박이 혀로 태어나거나, 갈색이거나, 아니면 정말 뜬금없이 파란색이나 노란색으로 태어나기도 하니까요. 완전한 검정이나 빨강이 특이하긴 해요."

"잠시만요."

혼란스러워 여자의 말을 끊는다. 몰랐다고 해야 할까, 사실이냐고 물어야 할까. 여자가 나에게 거짓말할 확률은, 아니 거짓말을 할 이유가 있을까. 나는 여자의 말을 믿고 싶은 것인가, 부정하고 싶은 것인가. 내 침묵이 길어지자, 여자는 자연스럽게 말을 잇는다.

"부모님은 저한테 하고 싶은 대로 하라고 했어요. 둘 중 무엇으로 살든 관여하지 않겠다고. 열다섯인가, 그때까지는 검게 칠하고 살았어요, 저도. 그게 좋아서. 근데 초콜릿을 참 좋아하는 친구가 있었어요. 나는 별맛 없고 니글거리는 걸 왜 그렇게 좋아하나 싶었거든. 그냥 그러다가. 나도 초콜릿 맛있게 먹고 싶어서. 그 이후엔 안 들어도 될 말 듣기는 해요. 그렇다고 내 삶이 지옥은 아니거든."

여자가 안주로 나온 치즈 한 조각을 입에 넣는다. 천천히 음미한다. 부드럽게 움직이는 혀.

"근데 그거 알아요?"

여자의 혀를 지켜보다 화들짝 놀란다.

"보통 내 혀를 뚫어지게 보는 사람은 둘 중 하나거든요. 빨간 혀를 싫어하거나 빨간 혀이거나. 근데 선생님은 나를 싫어하는 것 같진 않은데."

"……"

"언제나 안주를 잘 안 드시네요, 선생님. 이거 되게 맛있는데."

화장실을 다녀오겠다고 하고 나는 자리를 뜬다. 화장실로 들어오자마자 뒤이어 여자가 들어온다. 여자는 나를 붙잡아 돌려세우고 입을 맞춘다. 우리는 좁은 화장실 칸으로 들어간다. 여자의 어깨를 끌어안고, 차가운 피어싱이 입 안에 닿는 것을 느낀다. 그것은 내 손톱과 달리 아프지 않게 혀를 긁는다. 받은 숨을 내뱉으며, 여자에게 말한다. 엄마가 계속 나와요, 나를 끊임없이 괴롭혀요. 하지만 그건 그냥 결국 내가 나한테 하는 말이에요. 나는 거기에서 벗어난 적이 없어요. 벗어난 세상이 어떤지도 알지 못해요. 나는 점점 엄마를 닮아가고, 모든 걸 잃을지도 모른다는 불안감에 나를 숨기면서 동시에 나를 잃어요. 어떻게 해야 할지 모르겠어요, 정말 모르겠어요…….

여자를 끌어안고 우는데, 뒤에서 엄마가 내 머리카락을 어루만지며 쉿, 쉬잇, 하고 속삭인다.

—쉬잇, 쉬—.

*

　학교에서는 별다른 징계가 없다. 당사자들 둘이 잘 해결하라는 눈치다. 선생 둘이 싸웠다는 것을 대외적으로 알릴 필요도 없고, 지구인이란 이유로 자를 수도 없기에 내린 결론이리라. 대신 무단으로 결근한 건 잘못이니 오늘 안에 시말서를 작성해 교장에게 직접 제출하라는 징계가 내려졌다. 자리에 앉아 시말서를 붙잡고 있는데, 맞은편 선생님이 일부러 큰 소리를 내며 자리에 앉는다. 책도 시끄럽게 내려놓는다. 사과하라는 무언의 압박. 아직 한 글자도 적지 못한 시말서를 바라보다, 서랍에 있던 사탕 두 개를 챙겨 자리에서 일어난다.
　맞은편 선생님에게 다가가 사탕을 내민다.
　"참나. 애도 아니고."
　그렇게 말하면서도 내가 내민 사탕을 거절하지 않는다. 본인이 내뱉은 말의 부끄러움을 조금이나 알고 있는 것이다. 그걸로 나 역시 그 선생님을 용서한다.
　나머지 사탕을 들고 교실로 향하며, 여자의 말을 떠올린다.
　—그럼 이렇게 해보죠. 어머니가 했던 행동을 전부 반대로 하

는 거예요. 아주 사소한 거부터.

교실로 들어서자, 시간이 이른 교실에는 아이 한 명뿐이다. 엎드리지 않고 허리를 꼿꼿하게 펴고 앉아 창밖을 보고 있다. 아이에게 다가가자, 나를 보고 놀란 표정을 한다.

"선생님이 팼다면서요."

"소문이 다 났나?"

"선생님이 지구인 편을 들다가 때렸다고요. 걱정 마요. 애들이 선생님 착하대요."

"그렇구나, 다행이다."

나는 아이에게 사탕을 내민다.

"내가 제일 좋아하는 사탕이야. 어렸을 때 이거 먹다가 혼난 이후로 한 번도 안 먹었어."

아이가 사탕을 받는다.

"이걸 먹었다고 왜 혼났는데요?"

아이의 질문에, 앞자리 의자를 돌려 마주 앉는다.

그래, 지금부터 그날의 이야기를 할까 해.

작가 노트

우리가 서로에게 외계인이라는 말을, 꽤 진지하게 하고 산다.
우리는 서로의 세계에 잠시 머물렀다 가는 낯선 이방인이다.
한 사람을 온전히 이해하는 기적은 일어나지 않는다.
그것이 홀로 서 있는 것을 그저 지켜보면 될 뿐이다.
너무 강한 바람에 꺾이려 하면 아주 잠시 손을 내밀면 그만이다.
타인의 세계를 너무 쉽게 이해하려 들지만 않으면 된다.

천선란

소설집 《어떤 물질의 사랑》, 《노랜드》, 장편소설 《무너진 다리》, 《천 개의 파랑》, 《밤에 찾아오는 구원자》, 《나인》, 중편소설 《랑과 나의 사막》, 연작소설 《이끼숲》 등이 있다.

잉글리시 캠퍼

— For real? 쥔짜루? 진짜 이러구 뱅만 원 받아?
— Yeah, for real. 응, 진짜야.

페드로는 손바닥을 위로 들어 보이며 만세를 하려다 만 어정쩡한 자세로 어깨를 으쓱, '이 바보 같은 한국 애들 좀 봐' 하는 제스처를 했다. 옆에 있던 조지와 눈을 맞추며 '하' 소리를 내는 것도 잊지 않았다. '기가 막히네, 너네 다 등신이네'라고 그냥 간단하게 말로만 의사를 전달할 순 없는 걸까.

캠프에 와서야 모두의 시간이 같은 값은 아니라는 걸 알게 되었다. 그게 아무렇지 않았던 건 아니었지만 그렇다고 일일이 따지고들 자신이 있는 것도 아니었다.

— 그냥 너두 한궁말 못하는 척 하쥐.

멀리서 새로운 아이들을 태운 버스 몇 대가 주차장으로 구불구불 들어오는 것을 바라보며 페드로가 마지막 한마디를 흘리듯 보탰다.

*

3일마다 새로운 아이들이 무더기로 들어오고 나가기를 반복했다. 그렇게 일주일에 두 번씩 아이들을 받고 보내고 난 후 일곱 번째 날이 휴일이 되었다. 누가 입어도 예쁠 수 없는 탁한 고추장색 반소매 유니폼 티셔츠를 6일간 견디듯 입고 난 다음 날이면 강사들은 너도나도 사복으로 자신을 표현하려 들었다. 이런 상황만 아니라면 그런 티셔츠는 줘도 안 입었을 것이라는 듯, 그렇게 자신의 세련된 미감을 증명이라도 할 수 있다는 듯이.

나 역시 예외는 아니었지만, 누구를 향해 무엇을 증명하고 있는지는 알 수 없었다.

*

— 키미 빨통 봤냐?

건물 로비에 멍하니 서 있던 내게, 일곱 번째 날인 오늘도 여전히 큼지막한 디지털 캠코더를 들고 있는 윤석이 툭 말을 뱉었다. 그러고 보니 조금 전 비키니를 입은 키미가 로비를 지나 건물 밖으로 나갔다.

— 응, 장난 아니네.

나는 윤석 쪽을 돌아보지 않은 채 키미가 사라진 방향을 바라보며 그런 걸 놓칠 리 없다는 듯 말했다. 윤석의 입술이 살짝 비틀리며 큭 소리를 내는 것이 곁눈으로 보였다.

— 수영할 거냐?
— 아니.

여섯 날 동안 아이들의 차지였던 야외 수영장이 강사들에게 허락되는 날이었다. 3일마다 같은 메뉴가 돌아오는 달고 짠 급식을 먹으며 강사 몇몇이 이번 주엔 꼭 태닝과 물놀이를 할 거라 했던 것이 기억났다. 잠깐 구경이라도 가볼까 고민했지만, 윤석의 물음이 눈앞에 당도한 순간 가지 않기로 한다. 나는 더 많은 물음이 당도하기 전에 재빨리 주먹으로 윤석의 오른 어깨를 가볍게 툭 치고 로비에서 밖으로 향하는 유리문을 등진 채 중앙 계단을 오르기 시작했다.

*

다들 참 예쁘고 잘생겼구나.

서울에서 출발하는 버스를 타기 전 처음으로 인사를 나눈 원어민 영어 강사들의 첫인상은 그랬다. 눈, 코, 입, 얼굴의 구성요소 간 구획이 확실하고 급경사가 많은 이국적인 얼굴들, 그리고 교포 몇 명. 20대 대학생으로 구성된 한국인 영어 강사들은 학교나 동네 어딘가에서 봤음 직한 평범한 또래의 얼굴을 하고 있었지만, 어딘지 모르게 샐쭉한 인상을 풍기고 있었다. 방금 전에 처음 만난 이들 중 누군가와 꼼짝없이 서너 시간을 옆자리에 앉아 가야 한다고 생각하니 조금 긴장이 되었다. 다들 같은 마음이었는지 원어민과 한국인 무리는 자연스럽게 세탁물처럼 흰색과 나머지로 분리되어 버스 안에 둘씩 자리를 잡았다.

내 옆에 앉은 것은 하니였다. 모난 데 없이 갸름한 얼굴선을 따라 쇄골을 살짝 넘는 생머리를 한쪽 어깨 위로 모아 내린 채,

정확히 발목께에서 끝나는 딱 붙는 청바지와 그 위에 정답 같은 흰색 반소매 티셔츠를 입고 있던 여자애였다. 일찌감치 버스 창가 자리에 앉아 밖을 보는 척하고 있던 내 옆에 하니는 먼저 털썩 앉고 나서, "앉아도 되지?"라고 물었다. 마지막 '지' 발음을 내면서는 'ㅣ' 소리를 살짝 끌며 능숙하게 입꼬리를 쭉 찢어 올려 웃는 얼굴을 만들어 보였다.

고등학교 때 캐나다 유학을 가 지금 거기서 대학을 다니고 있다는 하니는 여름 방학을 맞아 가족을 보러 한국에 나왔고, 용돈도 벌고 영어도 까먹지 않기 위해 영어 캠프 강사에 지원하게 되었다고 했다. 묻지 않은 이야기를 자연스럽게 꺼내놓을 줄 아는 애였다. 그리고 요청하지 않은 이야기를 끝마친 후, 상대도 그만큼의 이야기를 끌러놓을 것을 눈으로 채근할 줄도 알았다.

앞으로 한 달하고도 2주였다. 꼬박 6주 동안을 이 버스 안의 사람들과 지내게 된다. 관계는 원만해야 하고 대화는 둥글게 이어져야 한다. 나는 하니가 먼저 선보인 형식에 맞춰 적당히 내 이야기를 끌러놓기 시작했다. 나이, 사는 곳, 학교, 여기 온 이유. 하니는 내 얘기가 제법 맘에 들었는지 헤— 하고 기분 좋게 웃었다.

— 대박, 우리 집도 작년까지 거기 살았는데! 혹시 전아름 알아? 걔도 반포 나와서 지금 나랑 같은 학교 다니는데!

익숙한 이름.

— 아니 모르는데.

하지만 여전히 하니의 얼굴엔 보조개가 얕게 패어 있다. 나는 지금 딱 저 보조개의 깊이만큼 하니에게 받아들여졌다. 대화를 이어갈 적당한 화제가 필요하단 생각이 들었다. 나는 버스 뒤편으로 살짝 눈동자를 굴렸다.

— 외국인 많네.

중얼거리듯 뱉은 내 말을 들은 하니가 별안간 비밀 얘기라도 시작하듯 내 쪽으로 몸을 기울였고, 나 역시 자연스럽게 하니 쪽으로 몸을 수그렸다. 공기를 잔뜩 머금은 소리가 속삭이듯 귓속으로 빨려 들어왔다.

— 쟤네 백인 아니고, 믹스야.

*

 막 캠프에 도착한 아이들은 페드로의 얼굴을 손가락으로 가리키며 "우와, 진짜 잘생겼다!"라고 외치곤 했다. 그럴 때마다 페드로는 어깨를 으쓱해 보이며 한국말을 전혀 모르는 외국인의 얼굴로 주변을 두리번거리곤 했다. 나는 페드로의 얼굴을 가까이서 볼 때마다 잘생긴 도마뱀을 떠올렸다. 끝이 가늘게 올라간 긴 눈과 좁고 높게 솟아오른 콧날, 뾰족한 턱, 그리고 어딘지 야살스러운 기운이 맴도는 매끈한 두 입술이 벌어질 때마다 나오는 떨이 같은 소리. '창고 대개방,' '사장님이 미쳤어요,' '땡처리' 같은 곳에 쌓여 있는 색색의 수세미나 자질구레한 플라스틱 용기 같은 그 소리. 다물고 있던 아름다운 입술을 그가 작정하고 벌리는 모든 순간, 앙증맞은 혀가 그의 잘생긴 입천장과 앞니 뒷면에 충분히 이르지 못해 새어 나오는 소리의 빈 자리가 부실한 내용물과 함께 우르르 쏟아졌다. 하지만 정확히 그 부분이 그를 더욱 원어민으로 느껴지게 했다. 듣기 난이도를 큰 폭으로 올려버리는 그의 영어는 한국인들이 정말로 가닿을 수 없는 '진짜 영어'라는 인상을 주었기 때문이었다. 어쨌거나 그는 미국 본토 출신 영어 선생이었고, 그의 말을 알아듣는 것은 원어민이 아닌 한국인들의 몫이었기 때문에 어떤 것도 문제가 되지 않았다. 그의 영어는 원어민들끼리만 알아듣는 '진짜 영어'이거나, 법칙으로 언어를 배운 이들에게 불가항력의 고통을 주는 예외와 불규칙의 연속이었을 뿐, 결코 잘못됐다 평가받을 수 없는 것이었다. 캠프가 시작되고 며칠 뒤 페드로의 발음이 좀 새지 않냐는 얘기가 한국인 강사들 사이에서 조심스럽게 나오긴 했지만,

— 근데 어쨌든 미국 거지들도 우리보다 영어 잘하잖아.

라는 키미의 말에 고개를 끄덕이지 않는 사람은 없었다.

캠프에 오는 아이들은 대부분 이곳에서 난생처음 외국인을, 인생 첫 원어민 영어 선생을 만났다. 이제 10년을 갓 넘긴 삶들이 두근두근 줄을 서서 첫 원어민 선생과의 독대를 오뚝오뚝 기다렸다. 이 만남에서 아이들은 인생 첫 영어 이름을 얻게 될 것이었다. 미국 거지라도 영어 이름은 지어줄 수 있는 거니까.

아이들은 매일 보던 검은색 눈동자가 아닌 만화 영화에서나

나올 법한 페드로의 초록색 눈동자에서 눈을 떼지 못한 채 뻣뻣하게 한 손을 들어올리며 "하—이" 하고 설렘과 떨림 가득한 인사를 건네곤 했다. 페드로가 그 설익은 짧은 만남을 통해 선지자처럼 이름을 하사하면 아이들은 좀 더 익숙한 눈동자를 한 내게 쪼르록 달려와 방금 받은 영어 이름을 전해주었다.

— 블루예요, 블루! 비유엘이!

이마께에 꼼꼼히 셔링이 잡힌 파란색 챙모자를 쓴 아이가 들뜬 얼굴로 말했다. 나는 고개를 끄덕이며 '임지은'이라는 이름 옆에 B(비), L(엘), U(유), E(이)라는 영어 철자를 적어 내려갔다. 그 아이가 멀어지고 다음 아이가 오기 직전, 페드로에게 블루는 좀 우울한 이름이지 않냐 묻자,

— 뭐 어떼? 재가 젤 좋아하는 쌕, Blue.

라는 답이 약간 언짢은 기운을 담아 돌아왔다.

문득 산 밑에 사는 한국인에게 야마시타(山下)라는 이름을 붙여줬다던 옛 일본인들의 이야기가 떠올랐다. 페드로는 관상이

라도 보듯 아이 얼굴을 물끄러미 바라보다가 머릿속에 떠오르는 이름을 툭 지어주기도 했고, 아이의 옷이나 들고 있는 물건을 보며 대충 뱉은 영단어를 이름이라고 붙여주기도 했다. 아이들의 한글 이름 옆에 영어 이름이 하나씩 채워질 때마다 내 머릿속 이름이라는 관념의 무게는 점점 더 흐릿하고 가벼워져가는 것 같았다. 이름이란 겨우 그런 건가 생각하는 것도 잠시, 또 다른 아이가 깡충깡충 줄에서 달려와 페드로 앞에 앉는 것이 보였다.

— '오프라'요!

잠시 후 잔뜩 상기된 얼굴을 한 아이가 노트패드와 볼펜을 쥐고 있는 내게 와 말했다. 나는 받아 적을 준비를 하고 있던 관성적인 볼펜 끝을 아이의 한국 이름 '김윤진' 옆에 바로 갖다 대지 못하고 잠시 멈췄다. 아이는 곧장 뒤를 돌아 친구들 무리로 뛰어갔다. 자신만큼 영어 이름을 고대하고 있는 친구들에게 뛰어가 "오프라! 오프라!"라고 크게 외쳤고, 뒤이어 오프라, 멜론, 엘리자베스가 다같이 꺄르륵 소리를 내며 활짝 웃는 것이 보였다.

아이들을 쫓던 눈을 제자리로 돌리자 페드로의 의기양양한 미소가 나를 기다리고 있었다. 나는 입술을 살짝 안으로 말아 물고, 두 눈썹을 동시에 올려 이마 주름을 만들며 그에게 묻는 시늉을 했다.

― 게쑤워(Guess what)? 왠 줄 알아?

다음 말을 기다렸다.

― 커 쉬즈 Cause she's -

소리가 완료되기 직전, 그의 새하얀 앞니가 매끈한 아랫입술을 살짝 물어 공기 빼는 소리를 냈을 때부터 가슴께에서 고무공 같은 것이 올라와 내 목젖을 쳤다고 느꼈다. 그의 잇새에서 새어 나온 프(F)― 소리는 애(A)― 소리를 지나, 기어이 단단한 트(T)― 소리로 마감되었다. 웬만해선 단어의 마지막 철자까지 정성 들여 발음하는 일이 없는 페드로였지만 이번만은 아니었다. FAT 소리가 완성되는 동안 그의 입가 근육은 슬로우모션이 걸린 스포츠음료 광고 모델의 미소처럼 느리고 아름답게 움직였다. 나는 아마 얼굴을 붉혔다. 그러고는 헐거운 추리닝 바지 고무줄이 여전히 내 뱃살을 잘 붙들고 있는지, 고추장색 티셔츠 밖으로 굴곡이 생기진 않았는지를 빠르게 확인했다. 본능적으로 티셔츠 끝을 쭉 당겨 판판하게 만들고 재빨리 고개를 들자, 페드로는 아직 자신이 보낸 미소의 답을 기다리고 있다. 나는 단속하듯 한 번 더 입술을 단단히 말아 물고, 있는 힘껏 입꼬리를 올렸다. 나는 FAT 쪽에서 있는 힘껏 분리되어 페드로 쪽에 속하고 싶었다. 페드로의 얼굴을 횡으로 가로지르는 길고 큰 미소가 한결 더 청량해졌다. 다음 아이가 달려오기 전에 서둘러 '김윤진' 옆에 'Oprah'를 흘리듯 적었다. 저 많은 아이들의 이름 중에 내가 굳이 이 이름을 소리 내어 부르게 될 일은 없을 확률이 높다. 하지만 부르게 된다 한들, 그런 상황이 온다 한들. 나는 그냥 이 시간과 공간, 그리고 돈이 필요해서 온 거니까.

*

단칸방에 온 가족이 사는 집도 있다는데, 원룸 오피스텔에 매트리스 두 개를 놓고 엄마와 나란히 자는 것이 대수는 아니라고 나는 생각했다. 그래도 나는 가끔 화장실에 들어가 오래오래 나오지 않았다. 화장실 이외의 공간은 너무 뻐엉 뚫려 있었다. 뚜껑을 닫은 변기에 앉아 새하얀 타일이 빼곡한 벽을 보는 일이 주는 안정감이 있었다. 이 공간에서만큼은 나 자신만 인식하면

되었다. 손가락으로 타일 사이 줄눈을 사다리 타기 하듯 가로세로로 훑으며 나는 스스로 심한 변비에 걸렸다 믿기로 했다.

여름 방학이 되자 주어진 시간의 양이 나를 무척 곤란하게 했다. 지역 설정을 서울에서 경기, 그리고 전국으로 차례로 바꿔가며 아르바이트 사이트를 몇 번씩 새로고침 했다. 검색에 걸려 나온 일자리들은 조금씩 다 미심쩍었고 반드시 생각보다 적은 돈을 주었다. 나는 자기 직전까지 컴퓨터 앞을 전전하다, 불을 끄겠다는 엄마 말에 서둘러 이빨을 닦고 잘 준비를 시작했다. 자리에 누워 이불을 머리끝까지 끌어당겨 덮었다. 얇은 여름 이불 틈으로 발밑에 있는 티브이 화면 불빛이 비쳐 들어왔다. 엄마는 오늘도 영화를 보다 잘 것이다.

살짝 선잠이 들었을 무렵이었을까. 뒤척거리며 옆으로 돌아눕자 미처 따라오지 못한 이불이 들리며 눈앞이 조금 밝아졌다. 나는 잠시 눈을 떴다 도로 감았다. 허리까지 올라간 원피스 잠옷과 그 밑으로 쭉 뻗은 하얀 다리. 그리고 팬티 속에서 황급히 빠져나오는 손. 나는 다시 뒤척이듯 반대 방향으로 몸을 돌렸다.

다음 날 아침, 나는 먼 곳에서 열리는 영어 캠프에 이력서를 냈다.

*

 레이먼드는 술을 조금만 먹어도 눈이 벌겋게 충혈되었다. 그리고 그 눈은 근원을 알 수 없는 깊은 불길을 뿜었다. 옆에 있다간 그 의문의 불덩이를 옴팡 뒤집어쓰게 될 것 같다는 두려움이 일게 했다. 아이들이 두 번 빠져나간 여섯 번째 날, 밤마다 삼삼오오 모여 시작되는 술자리는 시간이 갈수록 레이먼드를 기준으로 흩어졌다. 제일 먼저 레이먼드 곁을 떠나는 것은 한국인 여자 강사들이었다. 붉은 눈을 한 레이먼드가 그들과 로맨틱해지려고 끊임없이 애썼기 때문이었다. 레이먼드 옆에 크리스나 페드로가 있을 때면 사람들은 조금 더 오래 자리를 지켰지만, 보통은 크리스와 페드로가 여자애들과 함께 결국 자리를 떴다. 윤석과 정구가 어설픈 영어에 손짓, 발짓을 섞어가며 레이먼드와 어색하게 소맥 몇 잔을 마시기도 했지만, 곧 그들도 꼬리를 감추듯 주춤주춤 담배를 피우러 나가서는 돌아오지 않았다. 미국 캘리포니아에서 온 교포 에이미만이 레이먼드의 활활 타오르는 열기를 버티며 그를 받아줄 줄 알았다.

 ― 언니, 안 무서? 왜 받아주는 거야?

레이먼드가 화장실에 간 사이 또 다른 한국인 교포 제시카가 에이미에게 물었다.

— Oh, I feel bad for him. 사실 레이 is 입—양인. And 그가 한국 왔는데, 영어 학원들 안 좋아해서 일 못했어. 왜냐믄 he's black. 여기서는, you know. 한국 엄마 만나기로 했는데 지큼 여기 캠프랑 계—약—[gay-yak] 있고, 그게…….
— 워어＼우!

제시카의 '워어— 우' 소리가 구성진 높낮이로 에이미의 말 허리를 자연스럽게 끊었다. 비난받지 않을 만큼만 적당히 레이먼드의 사정을 동정하면서 각종 구구절절을 듣고 싶진 않다는 의사도 전하는 효과적인 추임새였다. 지금 여기에 레이먼드의 비즈니스를 그렇게까지 궁금해하는 사람은 아마 없다. 제시카는 자기가 물꼬를 튼 이야기를 살짝 맛본 후, 더 이상 새 나오지 않게 뚜껑을 닫는 일까지 해냈다. 에이미는 민망한 듯 혀로 아랫입술을 살짝 핥았지만 더 이상 말을 보태진 않았다.

일순간 누구도 입을 열지 않아 붕 뜬 공기가 시끌벅적해야 할 술자리 한가운데에서 피어나기 시작했다. 구석에 설치된 구식 에어컨이 때맞춰 큰 소리로 신경질적인 기계음을 위이잉 냈다.

그러자 빈 소리를 채워 넣듯, 제시카가 샌들 앞굽으로 바닥을 쳐 규칙적인 탁탁 소리를 내기 시작했다. 제시카가 자주 신는, 굽이 10센티는 족히 넘을 투명 플라스틱 샌들이 역시나 투명한 뒷굽을 중심에 두고 앞뒤로 흔들거렸다. 멍하니 그 모습을 보다 제시카와 눈이 마주쳤다.

— 언니, you know what? 나는 힐이 더 편해. 이상하지?
— 그렇구나.

나는 아무 감정도 담지 않고 말했다.

— 어릴 때부터 그랬어. That's why 나 힐밖에 없어.

그러고 보니 지난 2주간 하이힐을 신지 않은 제시카를 본 적이 없다. 허리까지 내려 오는 긴 머리를 묶거나 굵은 아이라인을 그리지 않은 제시카를 본 적도 없다. 나는 소리 없이 작게 고개를 끄덕여 보였다. 그러자 힐의 앞굽을 아까보다 조금 더 강하게 바닥에 쿵 찍은 제시카가 내 쪽으로 드라마틱하게 몸을 기울이며 선언하듯 말했다.

― 언니, you know what? I think 언니 you are so 생각 있어. Right?

*

사방이 초록뿐인 외딴 시골에 자리 잡은 A 기업의 연수원 건물 한 채와 3일마다 반복되는 일과는 갇힌 느낌을 주기에 충분했다. 고층 건물 하나 없이 사방이 탁 트여 있는데도 그 풍경 자체가 거대한 액자가 되어 눈앞을 가로막고 있는 듯했다. 넘쳐나는 에너지와 호르몬에 맞서줄 도시의 자극이 이곳엔 없었다. 우리는 식사때마다 점점 더 밥양이 늘었고, 일곱 번째 날이 돌아올 때마다 매번 더 독한 폭탄주를 만들어 마셨다. 시간은 아주 자주, 완전히 멈춰 선 듯 느껴졌다.

그리고 이런 감각을 키미의 오빠였던 사람도 공유했다. 캠프가 시작되기 직전 키미와 헤어졌다는 그에게도 한 달하고도 반은 너무나 긴 시간이었다. 그래서 키미의 오빠였던 사람은 한밤중에 이 산골짜기까지 미련을 가득 실은 자동차를 꾸역꾸역 끌고 내려올 수밖에 없었다.

1층 아이들 방 소등을 마치고 로비 쪽으로 걸어 나오자 유리문 너머 어둠 속에 서 있는 정구가 보였다. 정구는 심각한 얼굴로 뭔가를 주시하고 있었다. 나를 발견한 정구는 말없이 고개를 옆으로 까딱하며 이쪽으로 오라는 사인을 보냈다. 정구가 있는 곳까지 가니 키미와 또래로 보이는 한 남자, 그리고 운전석과 조수석 문이 활짝 열린 채 멈춰 있는 어딘지 늙수그레한 자동차 한 대가 보였다. 키미와 남자가 하는 얘기가 여기까지 들리진 않았지만, 둘 사이에 감도는 강도 높은 에너지는 충분히 전해지고 있었다. 남자는 뭔가가 억울하다는 듯 때때로 언성을 높였고, 그럴 때마다 키미는 숨소리를 잔뜩 섞었으나 여전히 그만큼 큰 소리로 "애들 잔다니까!"라는 말을 반복했다.

— 저 새끼가 저러다 키미 태우고 서울로 날라버릴 수도 있잖아. 누가 보고 있긴 해야지.

그 누구는 반드시, 어쩔 수 없이 정구 자신이어야 한다는 말이었다. 정구는 작년에도 비슷한 일이 있었다며 제법 비장한 얼굴을 하고 키미와 키미의 오빠에게서 눈을 떼지 않으며 말했다. 정구는 지키는 사람의 얼굴을 하고 있었다. 자신만이 지킬 수 있는 무언가를 기꺼이 지켜내고 있는 자의 얼굴을 한 그가 지키려는 것은 캠프일까, 캠프의 빠듯한 일손일까, 아니면 혹시 이것은 그냥 다 키미의 빨통에 대한 것일까. 어느 쪽이든 키미는 격렬한 에너지에 둘러싸여 있다는 생각이 들었다.

— 우리 아빠는 여자는 무조건 이뻐야 한다고 그래. 진짜 짜증 나지? 그래서 나는 어릴 때부터 여드름 한 개만 나도 아빠 손 잡고 대학 병원 피부과 다녔다니까.

키미가 툴툴거리며 뱉었던 얘기가 어쩐지 지금 머릿속에 떠올랐다.

우리는 가끔 숙소의 불을 끈 채 침대에 누워 잠이 들 때까지 이야기를 나누곤 했다. 정확히는 키미와 하니가 그랬다.

— 처음에 캐—나다 공항에 딱 내리자마자 진짜 외로웠어. 너무너무 무섭구…… you know…….
— 근데 언니는 so pretty, 이쁘잖아. 솔직히 거기서 대쉬도 많이 받구 그러지 않았어?
— 괜찮은 애들 좀 있긴 했는데, 우리 아빠가 so 싫어해. 외국인 만나는 거.

— 아아, 진짜? 그래도 그냥 아빠한테 말 안 하고 만나면 안 돼?
— 그러다 정들면 어떡해. 그리고 거기 애들은 알잖아, 끝까지 가는 거.
— 하긴, 그렇네.

— 끝까지 간다는 게 뭐야? 쎅쓰?

나는 천장을 보며 누운 채 처음으로 불쑥 입을 뗐다. 된소리 두 번이 연속으로 들어간 강렬한 소리는 뱉어진 순간부터 어디로도 빠져나가지 못한 채 공기 속에 머물렀다. 난처함과 망설임이 순식간에 어둠 속으로 섞여 들어오는 것이 피부로 느껴졌다.

조금 늦다 싶은 순간에 하니가 기어들어 가는 소리로 답했다.

— 그치이…….

'이' 발음이 늘어지며 말끝이 흩어졌지만, 하니가 웃고 있을 것 같진 않았다.

— 넌 하고 싶지 않아?

빛 한 점 없는 어둠을 향해 내가 한 번 더 입을 뗐다.
이번에는 아까만큼 시간이 지나도 어떤 대답도 돌아오지 않았다.
그래서 나는 돌려받지 못할 말을 하나 더 뱉기로 했다.

— 나는 맨날 하고 싶던데.

대화는 중단되었다.
하니와 키미는 아마 잠들기로 했다. 나도 그래야 할 것이다.

*

— Cuz I can't stop think'n 'bout u, grrr~ 널 내 워리아네 가두그시포~
— 아니 뭐야, 그 노래 외운 거야?
— 코리안 엠티브이(MTV)에서 계속 나와.

강사 숙소마다 비치된 낡은 티브이에서 화면이 흔들리지 않고 제대로 나오는 방송은 케이블 음악 채널 하나뿐이었다. 인기 가수들의 뮤직비디오가 하루에도 몇 번씩 반복해서 나오고 또 나왔고, 우리도 본 것을 보고 또 보았다. 작년에 데뷔한 화장이 짙고 곱상한 인기 남자 아이돌그룹이 나올 때마다 크리스는 몸서리를 치며 "뻐킹 ㅍㅎㅔ곶(faggots)"이라는 말을 반복했다. 하지만 캠프가 3주차에 접어들자 모두가 그 노래를 자기도 모르게 흥얼거리고 있었다.

*

크리스가 바닥에 엎드려 있었고, 페드로도 그랬다. 하니가 벽 안간 벽에 손을 짚더니 페드로의 등 위로 발을 딛고 섰다. 곧바로 페드로의 비명이 방 안에 울려 퍼졌다.

— It's so good…… 잇쏘 그…… 쉬…… 원해…….

하니는 어릴 때부터 엄마랑 마사지를 받으러 다녀 어딜 누르면 되는지 안다고 조금 들뜬 목소리로 말했다. 아이들과 물놀이 시간을 마치고 녹초가 된 페드로의 몸을 하니는 능숙하게 좌우로 무게 중심을 옮겨가며 꼼꼼히 디뎌주었다. 물끄러미 그 광경을 보던 나를 향해 엎드려 있던 크리스가 필사적으로 손을 흔들었다. 내 주의를 끈 데 성공한 크리스는 소리 낼 기운도 없다는 듯 처량하게 입만 움직여 보였다. 크리스의 두 입술이 짧게 붙었다 떨어진 후 정직하게 옆으로 쭈욱 찢어졌다 되돌아왔다. 플리즈(Please)였다.

 나도 하니를 따라 벽을 짚은 채 엉거주춤 크리스의 날개뼈 위로 발을 하나씩 올렸다. 크리스는 예스, 예스, **예스**라고 소리쳤다. 한 발만 올렸을 때에는 물컹한가 싶어 벽을 짚은 손에 힘을 잔뜩 주었는데, 두 발을 다 올리고 나니 오히려 체중이 실린 발바닥에 크리스의 묵직한 등이 느껴져 안정감이 있었다. 크리스의 등이 뿜는 열기가 발바닥에 고스란히 전해졌다. 밑을 내려다보자 두 발 사이로 땀에 살짝 젖은 크리스의 먹색 티셔츠가 등판을 따라 팽팽히 당겨져 있었다. 걷듯이 양발을 조금씩 번갈아 떼어가며 크리스의 등을 조곤조곤 밟아나갔다. 크리스는 다시 한번 예스, 예스, **예스**라고 외쳤다. 나는 무게 중심을 잃지 않으려 애쓰며 나의 발과 그의 등을 밀착시키는 데에 온 신경을 집중했다. 실수로라도 뼈를 잘못 밟진 않을까 하는 두려움과 곡예를 하는 듯한 아슬아슬함에 몸 어딘가가 기분 좋게 간질거렸다. 하니의 까르륵 소리와 페드로의 끙 하는 탄식, 크리스의 예스, 예스, 예스가 방 안에 축축하게 뒤엉켰다. 나는 무게를 충실히 발밑으로 전달하고자 했다. 예스, 예스, 예스 소리를 계속해서 듣고 싶었다. 하니가 페드로에게 하듯 내가 등에서 뗀 발을 크리스의 양 팔뚝으로 옮겨 잘근잘근 씹듯 밟기 시작하자 크리스는 고통과 쾌감이 뒤섞인 소리를 내며 오마갓, 오마갓, 오—마—갓이라 외쳤다. 나도 모르게 웃음이 났다. 나는 무게가 된 것 같았다. 보이는 것이 된 것 같았다.

*

윤석과 정구의 방으로 가는 복도에서는 은은한 담배 냄새가 났다. 대부분의 사람들은 알아채지 못할 정도의 아주 옅은 냄새였다. 그나마 덜 오염된 공기를 미리 마셔놓듯 숨을 크게 들이마시고 내쉬며 나는 복도 맨 끝 방으로 향했다. 무심하게 열려 있는 방문 사이로 창문에 달라붙어 담배를 피우고 있는 윤석과 정구가 보였다. 윤석은 담배를 끼워 문 입술 사이로 눌린 듯한 "여어" 하는 소리를 내며 '왔구나'라는 말을 대신했다. 정구는 담배를 들지 않은 손으로 능숙하게 담뱃갑을 열어 말없이 내 쪽으로 내밀었다.

― 피우고 왔어.

나는 창문을 전혀 빠져나가지 못한 담배 연기를 보며 말했다. 정구가 고개를 서너 번 짧게 주억거리며 다시 한 손으로 담뱃갑을 닫았고, 동시에 엄지손가락을 들어 보였다. 나는 눅눅한 진창에 들어가는 기분을 느끼며 신발을 벗고 방 안에 들어섰다. 디지털 캠코더와 카메라, 케이블과 전선, 카메라 가방과 삼각대 등이 방바닥을 가득 메우고 있었다. 나는 담배로부터 멀어지려는 것이 아니라 방바닥에 남은 자리가 여기뿐이라 어쩔 수 없다는 듯 입구 근처에 철퍼덕 앉았다.

― 다른 애들은 벌써 자냐?

하니와 키미 얘기였다. 내가 입을 떼기도 전에 정구가 답을 가로챘다.

― 자겠냐? 존나 걸레년들이.

'걸레',
라는 말을 뱉는 정구의 미간이 순간 붉게 비틀렸다 제자리로 돌아왔고, 담배 연기를 뿜던 윤석은 큭 하고 웃었다. 윤석이 큭 하고 웃는 순간 일자로 뻗던 담배 연기가 넓게 흔들렸다. 나 역시 늦지 않게 윤석을 따라 큭 하고 웃었고, 그 순간 방 안 공기는 살짝 쾌적해졌다. 짧아진 담배를 갈색 꽁초 더미와 물이 들어 있는 페트병 안으로 밀어 넣으며 윤석이 물었다.

— 야, 페드로-하니, 크리스랑 제시카, 에이미랑 레이몬드 맞지?

윤석이 내 쪽으로 몸을 조금 돌려 앉으며 물었다. 이번에도 정구가 빨랐다. 정구는 입술 사이로 뽁 소리를 내어 주의를 끌고는, 시동을 걸듯 고개를 좌우로 한 번씩 꺾고 턱을 내리며 잔뜩 힘이 들어간 눈동자를 내 쪽으로 맞춰왔다.

— 솔직히 나는 여기서 니가 졸라 제일 멀쩡한 것 같애.

선언 같은 한마디를 한 정구는 미간에 깊은 주름을 만들며 담배를 한 모금 깊게, 뺨이 패도록 쪼옥 빨았다.

*

— P가 한국에 있는 동안 으태췯(attached) 되고 싶지 않다구 그러더라구.

하니가 깊은 한숨을 쉬었다. 나는 하니 곁에 소리를 내지 않고 앉기로 했다. 하니는 느슨하게 깍지를 낀 손으로 접힌 다리를 잡고, 무릎 사이에 숨기듯 고개를 박은 채 1층 중앙 계단에 앉아 있었다. 나는 하니보다 두 칸 아래에 자리를 잡았다.
Attached. 으태췯. 붙는다는 뜻이다. 정드는 것을 의미한다. 어느새 페드로와 하니는 많이 가까워진 모양이었다. 이 캠프의 고립된 밀도 높은 시간을 생각할 때, 정이 들지 않기는 아마도 꽤 어려운 일일 거라는 생각이 들었다.

— 너는 어떻게 하고 싶은데?

나는 하니를 올려다보며 말했다. 흠칫 떨듯 고개를 살짝 든 하니는 잠시 입술을 씹듯이 오물거렸다. 그러곤 거의 혼잣말에 가까운 몇 마디를 중얼거렸다.

— 그냥 나는……. 이렇게 잘생긴 애랑 이러는 것두 처음이 구…….

하니가 다시 무릎 사이로 고개를 꽉 묻으며 말끝을 흐렸다. 무슨 말을 더 하려나 싶어 잠시 하니를 바라보다가 나는 말없이 몸을 돌려 계단과 마주 보고 있는 건물 로비를 바라보기로 했다. 오늘의 인원 체크가 끝난 후, 불필요하다 싶을 만큼 과한 중량의 쇠사슬이 묶인 중앙 유리문을 통해 꽉 닫힌 어둠이 보였다. 조금만 가까이 가면 로비의 형광등 불빛을 갈구하는 다양한 벌레들이 유리문에 다닥다닥 붙어 있는 것이 보일 것이다. 벌레는 들어올 수 없고, 우리는 나갈 수 없다.

*

열두 번째 패밀리 트리(Family Tree) 시간이었다. 물론 강사들에게 열두 번째였고, 아이들은 매번 처음이었다. 엄마, 아빠, 언니, 누나, 동생 같은 것을 그리고 말하는 시간이었다. 아이들의 아빠는 모두 같은 직업을 가지고 있었다. 아이들은 다양한 직업을 영어로 배울 수 없었다. 페드로의 헐거운 영어를 매끈한 한국말로 다듬어 아이들에게 들려주는 일을 몇 번 반복하자 열두 번째 패밀리 트리 시간도 싱겁게 끝이 났다.

첫 번째 캠프파이어 날의 아이들은 초가 꽤인 종이컵을 들고 울었다. 다섯 번째, 열 번째 캠프파이어의 아이들도 그랬다. 심금을 울리는 눅진한 어쿠스틱 기타 선율이 지지직거리는 앰프에서 흘러나와 중앙의 모닥불을 휘감기 시작하면, 2박 3일 동안 영어에 시달린 아이들은 눈물을 흘리기 시작했다. 때맞춰 도착하는 에코가 담뿍 들어간 목소리는 그들이 집에 계신 부모님의 마음을 상하게 해드리진 않았는지, 부모의 희생과 고통에 충분히 감사하고 있는지 물으며 아이들의 마음을 더욱 조였다. 하루 종일 파란색 선글라스를 끼고 번들거리는 네모난 얼굴로 땀을 뻘뻘 흘리는 레크리에이션 전문 강사가 의도한 순간에 아이들은 매번 정확히 울먹거렸다.

*

— 이것도 못 뭐어? 너 완전 보지네, 보쥐!

술기운이 올라 얼굴이 벌게진 존이 윤석에게 소리쳤다. 푸씨(Pussy)가 한국말로 보지란 걸 알게 된 저번 주 파티부터 존은 보지, 보지거리기 시작했다. 남자가 이것도 못 마시냐는 물음이

나 고추 떨어진다는 염려 대신, 여러 단계를 훌쩍 뛰어넘어 '너는 그냥 보지다'라는 선언이 주는 결론 났다는 그 느낌이 은근히 중독성 있게 귀에 감겼다. 보지라는 단어가 존에게서 튀어나올 때마다 한국인 강사들은 모두 뭐에 덴듯 흠칫거렸지만, 누구도 그 말의 어느 허리에 개입해 고쳐주어야 할지 알지 못했다. 존은 래퍼처럼 손바닥을 아래로 향해 바운스를 주며 '너 보지네, 너 보지였네, 너 보지야'라는 말을 리듬감 있게 계속 반복했다. 나는 공기가 화들짝 얼어붙고 찝찌름해지는 이 순간을 조금 좋아했다. 존은 일주일 전 술을 먹다 폭주하듯 캠프를 무단으로 이탈해버린 레이먼드 대신 급하게 투입된 교포 남자애였다. 캠프를 주최한 어학원 과장은 레이먼드를 계약 위반으로 고소할 거라며 길길이 날뛰었고, 에이미는 자기가 아빠에게 잘 말해보겠다며 과장을 안심시켰다. 영어 한마디 통하지 않을 이 시골 마을을 레이먼드가 어떻게 빠져나가 원하는 곳으로 갔을진 알 수 없었지만, 그런 레이먼드를 진심으로 걱정하거나 그리워하는 사람은 없었다. 다만 이곳의 반복적인 일상과 끈적하게 늘어지는 시간의 무료가 턱 끝까지 차오를 때마다 너도나도, '레이먼드는 지금 뭐 할까'라는 말을 조금도 궁금해하지 않으면서 중얼거렸다.

캠프에서의 마지막 저녁이 되자 크리스와 페드로가 합심해서 폭탄주를 만들기 시작했다. 소주와 맥주, 싸구려 위스키가 어디서 가져왔는지 모를 냉면 그릇에 거칠게 부어졌다. 페드로가 과자 봉지를 하나씩 뜯기 시작하자 크리스가 좋은 생각이 났다는 듯 사무실로 뛰어가 에이포 용지 세 장을 가져왔다.

— 여기에 자고 싶은 사람 이름 쓰고, 쩨일 많이 나온 사람이 이거 마셔!

크리스가 에이포 용지를 접어 자르기 시작하자 페드로는 흥분한 듯 호우, 호우, 호우 소리를 내며 테이블 위 과자를 한 움큼 집어 냉면 그릇에 넣었다. 여자 강사들이 소리를 지르기 시작했다. 모두가 종이를 받은 것을 확인한 크리스는 남은 에이포 용지를 냉면 그릇에 넣어 손으로 뭉개듯 저었다.

잠시 후 울기 직전의 얼굴을 한 하니 앞에 냉면 그릇이 놓였다. 새하얀 얼굴이 붉어질만큼 숨막히게 웃는 크리스와 페드로를 두고 하니는 울먹이며 사정했지만, 냉면 그릇이 비워지기 전에 파티가 끝날 거라 믿는 사람은 아무도 없었다. 페드로는 하니 뒤쪽으로 의자를 끌어와 앉았고, 오른손으로는 냉면 그릇을,

왼손으로는 하니의 어깨를 잡아 안았다. 눈을 꼭 감은 하니의 입술에 냉면 그릇이 닿자 페드로는 약을 먹이듯 그릇을 조금씩 기울여가며 하니의 입 안으로 액체를 흘려보내기 시작했다. 얼마 안 가 하니는 입에 들어온 액체를 기침하듯 다시 냉면 그릇에 뱉어 냈고, 줄어드는 듯하던 냉면 그릇의 내용물은 다시 찰랑거렸다. 그 모습에 모두가 이유우우우우(ewwww)! 하며 소리를 질러대기 시작한 순간,

바로, 그때였다. 하니를 달래듯 잠시 멈춘 페드로 쪽으로 손 하나가 뻗어 나와, 누구도 원치 않는 그 냉면 그릇을 가로챘다. 그리고 손의 주인은 하니의 타액까지 섞여 들어간 그 정체 모를 국물을 곧바로 벌컥벌컥 마시기 시작했다. 마지막 한 방울까지 깨끗이 털어먹고 나서야 잔뜩 홈집이 난 낡은 냉면 그릇 뒤에서 윤석의 상기된 얼굴이 모습을 드러냈다. 그의 얼굴은 조금 붉었는데, 그것이 취기인지 노여움인지 쑥쓰러움인지는 정확히 알 수 없었다. 환호 혹은 감탄, 충격의 소리들이 쏟아지는 순간에도 윤석은 아무것도 들리지 않는 듯 허공만을 응시했다. 나는 어쩐지 이 모든 순간을 놓치고 싶지 않아 눈도 한 번 깜빡이지 않고 그의 표정을 살폈다. 그 얼굴에 떠오를지 모를 작은 힌트라도 발견하고 싶었다. 대체 무엇이 하니에게 할당된 그 똥물을

다른 곳도 아닌 자기 내장으로 들이붓게 한 걸까. 그의 행동은 보답받지 못할 것이었다. 그가 누구보다 그 사실을 가장 잘 알고 있을 것이었다. 하니는 윤석의 얼굴에서 떨어진 냉면 그릇이 깨끗이 비워진 것을 확인하고 나서야 팔자 눈썹을 하고 "괜찮아?"라며 걱정스러운 듯 물었다. 하지만 그 물음과 몸의 기울기에는 하니가 페드로, 크리스, 조지 등에게 주었던 것이 없었다.

*

페드로는 마지막으로 다 같이 건물 뒤쪽 숲에 가보자고 했다. 건물에서 새어 나오는 빛과 달빛 이외에 어떤 조명도 없는 어둠을 탐험해 보자는 것이었다. 몇몇이 무섭다며 호들갑을 떨었다. 페드로는 피식 웃으며 둘씩 짝을 지어서 가자는 제안을 했다.

— 무쎠운 싸람은 이쪽에 서, 안 무쎠운 살암은 저쪼그로 써.

금세 그룹이 둘로 나뉘었다. 무서운 쪽에는 제시카, 에이미, 하니, 키미가 있었고, 안 무서운 쪽에는 페드로, 조지, 크리스, 존이 있었다. 짝이 맞질 않았다.

— 제이(J), you are OK, 그쥐?

페드로는 혼자 남은 나를 돌아보며 물었다.

— 응, 나는 안 무서워.

둘씩 짝을 맞춘 애들을 따라 휘적휘적 걸음을 옮기기 시작했다. 앞쪽에서 페드로가 하니의 등 뒤에서 이상한 소리를 내며 겁을 주는 것이 보였다. 하니는 우는 소리를 내면서 페드로의 등을 찰싹찰싹 안 아프게 때렸다. 살짝 젖은 땅에 굽이 푹푹 박힐 때마다 제시카는 "댐(Damn)!" 하고 소리쳤고, 그때마다 누군가의 걸음이 함께 멈췄다. 크고 두꺼운 몸 하나가 크게 흔들리며 웃음을 터뜨렸고, 누군가가 따라 웃었다. 키미였거나 에이미인 것 같았다.

나는 하늘을 봤다. 새까만 하늘에는 서울에 없던 별들이 잔뜩 빛나고 있었다.

작가 노트

속하지도 빠져나오지도 못했던
시간과 시절을 위해.

이반지하

현대미술가, 산문집 《이웃집 퀴어 이반지하》, 《나는 왜 이렇게 웃긴가》 등이 있다.

모노의 봄

형제들이 노래를 시작했다. 모노는 그늘진 풀숲에서 새순이 돋아난 갈참나무 숲을 올려다보았다. 박새 형제들이 저마다 거리를 두고 나무에 자리를 잡았다. 하얀 뺨. 하얀 배. 머리와 턱을 감싸고 배까지 내려오는 검은 띠. 하늘처럼 푸른 등. 자갈처럼 짙은 날개. 모노와 같은 모습이었다. 하지만 모노는 형제들과 같지 않았다. 모노는 노래하지 않았다. 숲에서 노래하지 않는 박새는 나무에서 쫓겨났다. 노래하는 박새는 아비가 되고, 노래로 답하는 박새는 어미가 되었다. 어미와 아비, 어린 새와 어리지 않은 새 사이에 위아래는 없었다. 한 숲에서 나고 자란 새는 한 둥지에서 나고 자란 형제와 같은 유대를 가졌다. 그 가운데 짝을 이룬 형제를 봄의 형제라고 했다. 봄의 형제에게서 어린 새가 태어났다. 어린 새가 자라서 노래하는 계절이 돌아왔다. 우즈는 아비가 되기만을 기다렸다는 듯이 노래했다. 모노는 아비가 되기를 기다리지 않았다. 자신이 뭘 기다리는지 몰랐다. 모노는 풀숲에서 낮게 날아올라 두리번거렸다.

"여기야, 여기 있어."

쓰러진 나무 밑동 뒤에서 우즈가 몸을 내밀었다. 모노는 멀찍이 내려앉았다.

"노래 안 해? 여기는 왜 왔어?"

"네가 있을 거 같아서."

우즈는 오그라든 날개를 들썩거리며 나무 밑동을 돌아 나와 풀숲으로 다가왔다. 모노는 놀라 우즈에게서 멀어지며 뛰어올랐다.

"안 돼. 너도 쫓겨나고 싶어?"

"걱정하지 마. 내 노래 같은 노래는 없잖아."

그 말이 허풍이 아니란 걸 모노는 알았다. 우즈의 노래는 아름다웠다. 우즈가 노래하는 가까운 나무 근처에는 박새들 몇몇이 꼭 있었다. 형제들은 노래 대신 노래하는 흉내를 냈다. 우즈의 노래를 듣고 모여드는 박새가 있으면 나무를 넘나들며 우즈보다 먼저 다가갔다. 그 형제들은 우즈를 제치고 봄의 형제가 되었다. 우즈는 형제들처럼 양 날개를 움직여 날지 못했다. 대신 동고비처럼 나무에 두 발을 납작하게 붙이고 밑동에서부터 꼭대기까지 기듯이 올라갔다. 우즈는 형제들보다 한 발 느린 속도로 나무를 오가며 노래했다.

  느릴 수밖에 없었지만 우즈는 그렇다고 서두르지도 않았다. 연습을 해야겠다면서 모노를 키 작은 벚나무 구멍으로 불러 내 노래하곤 했다. 모노 앞에서 노래하는 우즈의 멱은 잘 맺힌 꽃봉오리처럼 부풀었고, 눈은 잘 익은 버찌처럼 빛났다. 그처럼 완벽한 우즈의 노래를 들으며 모노는 죄책감을 느꼈다. 형제들만 아니었다면, 나만 아니었다면. 우즈는 지난해 봄에 날개를 다쳤다. 비가 쏟아지는 날이었다. 박새들의 둥지가 뱀의 습격을 받았다. 막 비행을 시작한 어린 박새들은 둥지를 빠져나갔다. 둥지에는 형제들보다 비행이 늦된 모노만 남았다. 뱀이 나무를 타고 올라오는 소리를 들으며 모노는 이제 죽었다고 생각했다. 그때 다른 둥지에서 우즈가 날아왔다. 우즈는 주저 없이 뱀의 눈을 쪼았다. 뱀이 몸을 뒤트는 사이 우즈는 둥지 안으로 움츠러든 모노에게 소리쳤다.

  "날아 봐!"

  "못 해, 난 못 해."

  "죽고 싶어?"

  "살려줘."

"그럼 따라와, 어서!"

뱀이 다시 나타나 우즈를 덮쳤다. 우즈는 날개를 물린 채 벗어나려고 발버둥 쳤다. 그 소리를 들은 모노가 둥지 밖으로 날아올랐다. 뱀은 모노까지 한 번에 잡으려다가 둘 다 놓쳤다. 모노는 땅에 떨어진 우즈를 데리고 나무 구멍으로 숨어들었다. 모노와 우즈는 그렇게 살아남았다. 하지만 우즈의 다친 날개는 원래대로 돌아오지 않았다. 나 때문이야. 모노는 오그라든 그 날개를 볼 때마다 생각했다. 하지만 우즈는 지난 일을 개의치 않았다. 모노는 우즈의 날개깃에 붙은 벌레를 쪼아 대신 떼어내며 물었다.

"괜찮아?"

"좋아. 나무 꼭대기까지 단번에 기어 올라갈 수 있을 만큼. 넌?"

"나도 좋아. 땅에 떨어진 풀씨를 다 먹을 수 있을 만큼."

모노는 땅에서부터 전해지는 소리를 들었다. 갯버들 숲이었다. 풀숲 옆을 흐르는 개울 건너편에는 갯버들 숲이 있었다. 뱁새들이 숲 그늘에서 왁자하게 오가고 있었다. 땅에서 풀씨를 찾는 뱁새도 있었다. 숲에서 가장 작은 뱁새들은 혼자서 하늘 높이 나는 법이 없었다. 여럿이서 땅 가까이 몸을 낮추고 움직였다. 모노는 뱁새처럼 살고 싶었다. 우즈는 모노를 마주 보고 서서 말했다.

"넌 박새야."

"노래하지 않는 박새겠지."

"그런 박새가 있댔어. 디드라고, 오래전에 숲을 떠났었는데 돌아왔대. 디드는 뭔가 알지도 몰라."

대체 뭘? 모노는 주저했다. 자신에 대해서 헛소리라도 듣고 싶었으나, 한편 아무런 소리도 듣고 싶지 않았다. 자신이 정말 우즈와는 다른 박새일까 봐 두려웠다. 우즈는 나무 밑동 위로 뛰어올랐다.

"쌍둥이 계수나무에 가봐."

"혼자 가라고?"

우즈는 모노의 이름을 소리쳐 불렀다.

"나까지 가면 경계할지도 모르잖아."

모노는 주저했다. 자신에 대해 알고 싶었으나, 한편으로 아무것도 알고 싶지 않았다. 우즈는 나무 밑동 위로 뛰어올라 모노의 이름을 소리쳐 불렀다. 응원이었다. 모노는 마지못해 날아올랐다. 해가 뜨고 있었다. 모노는 우즈의 소리를 듣고 날아드는 박새들을 지나쳐 쌍둥이 계수나무로 날아갔다. 뱁새들이 재잘대는 갯버들 숲을 지났고, 직박구리들이 떠들어대는 팥배나무 숲을 지났고, 까치들이 울어대는 느티나무 숲을 지났다. 쌍둥이 계수나무는 숲의 가장자리에 뿌리를 내리고 있었다. 그 나무 위로 새호리기가 나타난다고 해서 작은 새에게는 위험하다고 알려져 있었다. 쌍둥이 계수나무가 모노의 눈에 띄었다. 뿌리는 둘, 몸은 하나로 붙어 자라는 나무였다. 모노는 계수나무가 건너다보이는 나무에 내려앉았다. 오래지 않아 동글동글한 잎이 돋아난 가지의 한쪽에서 날개깃을 터는 소리가 났다. 모노는 반쯤 벗겨진 나무껍질 뒤에 숨었다. 디드가 모습을 드러냈다. 날개가 다른 박새 형제들보다 커다랗게 보였다. 날개깃에 계수나무 잎을 단 디드는 가지 끝에서 뛰어올랐다가 내려앉기를 거듭했다. 모노는 그 움직임을 보려고 나무껍질 앞에 모습을 드러냈다. 디드는 모노를 보고 경계하기는커녕 당당하게 날아왔다.

"봤어? 방금 내 춤 말이야. 어땠어?"

"이상했어."

"흥, 너야말로 이상해 보이는데. 노래해야 할 때가 아닌가?"

"너도 안 하잖아."

"하하, 새 보는 눈이 좀 있네. 난 디드."

"알고 있어."

"너, 나를 찾아왔구나?"

"물어보려고. 네가 어떻게 살았는지."

디드는 가지에서 춤추듯이 뛰어오르더니 곧장 날았다. 날개깃에 달고 있던 계수나무 잎이 떨어졌다. 디드는 큰 새처럼 하늘을 너르게 가로질렀다. 모노는 디드를 겨우 따라잡았다. 디드는 속도를 늦추더니 모노에게 말했다.

"네가 사는 숲을 봐."

디드는 공중에서 빙그르르 돌았다. 모노는 디드의 움직임을 따라 시선을 돌렸다. 갈참나무 숲이 한눈에 내려다보였다. 하나의 둥지 같았다. 갈참나무 숲은 하나가 아니었다. 또 다른 숲이, 숲 옆에 숲이, 둥지 옆에 둥지처럼 세상을 이루고 있었다. 어떤 숲에는 산보다 높고 얼음보다 투명한 벽이 줄지어 세워져 있었다. 디드가 다가왔다.

"인간의 숲이야. 저기 저 암벽을 조심해."

"저기까지 갈 일은 없어."

"나는 저기보다 더 멀리 갔었어."

"어디까지?"

"숲의 끝까지."

"거기에는 뭐가 있어?"

"두 개의 달."

"달은 하나뿐이야. 해도 하나뿐이고."

"숲의 끝에는 두 개의 달이 있어. 보고 싶지 않아?"

"너무 먼 길이야. 자신 없어."

"우리에겐 시간이 있잖아. 노래하지 않는 시간."

디드는 모노의 주변을 빙그르르 돌면서 이름을 불렀다. 자신의 이름이었다. 만나 본 새의 이름이었다. 날아 본 숲의 이름이었다. 모노에게 그 이름들은 노래처럼 들렸다. 디드 혼자서도 충분했다. 그런 디드에게 봄의 형제는 필요하지 않아 보였다. 그때였다. 새호리기 어미가 나타나 디드를 낚아챘다. 디드는 새호리기의 발톱이 닫히기 전에 빠져나왔다. 하지만 새호리기는 포기하지 않고 디드의 목덜미를 노렸다. 힘이 빠진 디드는 그대로 붙잡혔다. 새호리기는 얼빠진 모노에게 으름장을 놓았다.

"다음은 너다."

아비 새호리기가 모노를 향해서 전속력으로 달려들었다. 디드가 소리쳤다.

"인간의 숲을 따라가! 숲의 끝으로 가!"

모노는 도망쳤다. 디드는 새호리기에게 목덜미를 물리지 않은 새처럼 다시 노래했다.

그 노래는 멀어졌고 더 이어지지 못했다. 모노는 쌍둥이 계수나무에 간 일을 후회했다. 그러나 디드는 쌍둥이 계수나무에서 겁도 없이 춤추고 노래한 일을 후회하지 않았다. 모노는 궁금해졌다. 디드를 노래하게 만든 건 무엇이었을까? 숲의 끝에서 무엇을 보았을까?

해거름이었다. 모노는 갈참나무 숲으로 돌아갔다. 나무 밑동 뒤에서 우즈가 기다리고 있었다. 봄의 형제를 만나지 못했다는 뜻이었다. 모노는 마음이 무거웠다. 우즈는 그럼에도 지치지 않은 기색으로 모노에게 뛰어왔다.

"만났어?"

"디드는 죽었어. 새호리기가 나타나는 바람에."

새호리기라는 말을 듣자마자 우즈의 오그라든 날개가 더 자그맣게 오그라들었다. 우즈는 모노만큼 두려웠고, 모노도 우즈만큼 두려웠다. 작은 새라면 다 아는 두려움이었다. 우즈는 물었다.

"디드에게 아무것도 못 들었어?"

"숲의 끝으로 가래."

"너무 먼 길이야."

"인간의 숲에서 살아남는다면 난 거기까지 갈 거야."

모노가 단호하게 말했다. 우즈는 모노의 그런 얼굴을 처음 보았다. 해거름의 붉은 빛이 갈참나무 숲에 번졌다. 우즈는 그 빛을 등지고 서서 제 얼굴을 감추고 말했다.

"결정했구나."

"미안해."

"내가 너라면 미안해하지 않을 거야. 기억할 거야."

"넌 내 형제야, 우즈."

"모노, 네가 어디에 있든."

"어디에 있든."

"맹세해. 너를 찾겠다고."

"맹세할게."

우즈는 나무를 타고 동고비보다 빠르게 올라갔다. 놀란 동고비들이 나무 구멍에서 얼굴을 내밀고 우즈를 올려다보았다. 박새, 쇠박새, 곤줄박이 들은 우즈가 벌레라도 찾은 줄 알고 그 뒤를 따라 날았다. 나무에서 쉬고 있던 딱새가 우즈를 피해 다른 나무로 옮겨 앉아 꼬리를 파르르 떨었다. 나무 꼭대기에서 우즈는 날이 저물도록 형제의 이름을 소리쳐 불렀다. 모노는 그 나무를 뒤로하고 날아올랐다. 배고픈 새호리기들은 갈참나무 숲을 떠나는 박새를 아쉬운 듯 바라보았다.

모노는 인간의 숲을 향해 갔다. 잠들지 않는 숲이었다. 인간들은 한밤중에도 디드가 말한 투명한 암벽 안을 돌아다니고 있었다. 모노는 인간들처럼 잠들지 않고 온종일 날았다. 물도 흙도 풀도 나무도 없는 길을 날아가기란 고역이었다. 해가 모노의 머리 위로 떠올랐다. 날개에 힘이 빠졌다. 점점 암벽 위에서 아래로, 암벽과 암벽 사이로 떨어졌다. 순간 모노는 저만치 떨어진 숲을 보았다. 물과 흙과 풀과 나무가 있는 숲이었다. 숲을 향해 돌진하는 순간, 모노는 작은 새들의 말소리를 들었다.

"피해. 피해. 피해."

모노는 급히 방향을 틀었다. 그제야 숲이라고 생각한 방향에 버티고 있는 투명한 암벽이 모노 눈에 띄었다. 돌진했다면 머리를 부딪혀 죽었을 터였다. 반대 방향에서 다시 작은 새들의 소리가 났다.

"피해. 피해. 피해."

방금 지나온 투명한 암벽의 아래쪽이었다. 모노는 조심스럽게 날아 내려갔다. 투명한 암벽이 둘러싸고 있는 땅에 물과 흙과 풀과 나무가 덩그러니 숲을 이루고 있었다. 뱁새의 둥지처럼 작은 숲이었다. 모노는 작은 새들의 소리가 나는 물웅덩이에 내려앉았다. 작은 새들은 흰뺨검둥오리였다. 물가에는 새끼들밖에 없었다. 새끼들은 모노를 피해 물웅덩이 밖으로 흩어졌다. 모노는 빈 물웅덩이에서 목을 축이고 몸을 적셨다. 살 거 같았다. 모노는 인사를 하려고 새끼들을 찾았다. 새끼들은 물웅덩이를 둘러싼 키 작은 나무 뒤에서 흰뺨검둥오리 어미를 앞세우고 나타났다. 흰뺨검둥오리는 모노를 물웅덩이 밖으로 몰아냈다.

"나가. 나가."

"고맙다고 말하고 싶었을 뿐이에요."

"고마워? 뭐가?"

"암벽을 피하라고 새끼들이 알려줬어요."

"죽어. 그 암벽 많이 죽어."

"난 죽으면 안 돼요. 숲의 끝에 가기 전에는요."

"멀어. 숲의 끝 멀어."

"숲의 끝이 어디 있는지 알아요?"

"어미의 어미. 어미의 어미. 어미의 어미 숲의 끝 건너왔어."

"혼자서요?"

"혼자서. 둘이서. 혼자서. 달라. 다 달라."

"왜 혼자 새끼들을 키우고 있어요?"

"이상해? 안 이상해. 다 달라."

"나도 혼자서 숲의 끝까지 가보고 싶어요."

"물길. 따라가. 물길."

"따라가. 따라가. 따라가."

새끼들이 어미를 따라 소리쳤다. 흰뺨검둥오리는 새끼들을 이끌고 물웅덩이로 돌아갔다. 물웅덩이에서부터 키 작은 나무를 휘돌아 얕게 흐르는 물줄기가 있었다. 모노는 물줄기를 따라갔다. 물줄기는 투명한 암벽 아래로 흘러 들어갔다. 물줄기가 보이지 않으면 물소리를 따라갔다. 새끼들의 말소리를 곱씹으며 투명한 암벽보다 높이 날았다. 흰뺨검둥오리 어미의 말은 새끼들의 말보다 알아듣기가 어려웠다. 모노는 그래도 다 다르다는 말 뜻을 알 거 같았다. 달라. 다 달라. 모노는 숲의 끝에서 그 말을 확인하고 싶었다. 투명한 암벽 위를 마지막으로 지나고 나서야 인간의 숲에서 흘러나온 물줄기가 한데 모여드는 물길에 다다랐다. 강이었다.

강 위에는 새매가 오갔다. 새매가 작은 새를 찾아다니는 한낮에 모노는 몇 번이나 고비를 넘겼다. 해가 지면 개개비가 사는 갈대숲에서 쉬어 갔다. 해가 뜨면 물가에서 목을 축이고 몸을 적셨다. 개개비는 모노가 보이면 숲에서 나가라고 소리쳤다. 모노는 개개비에게 쫓겨 강과 갈대숲을 아슬아슬하게 날았다. 시간이 갈수록 지쳐갔다. 한 번은 강가의 한 숲에서 박새를 마주쳤다. 개개비보다 그 박새들에게 더 호되게 쫓겨났다. 모노는 외로웠다. 외로움을 잊으려고 멈추지 않고 날았다. 그 끝에서 검은 산에 다다랐다. 한밤중이었지만 모노는 조바심이 났다. 산을 하루빨리 넘고 싶었다. 모노는 검은 산으로 날아들었다. 그때 모노에게 소리 없이 날아오는 새가 있었다. 수리부엉이 아비였다. 수리부엉이의 움직임을 알아차렸을 때는 이미 늦었다. 목덜미를 붙잡힌 후였다. 단단한 발톱이 모노의 온몸을 조여왔다. 모노는 숨을 쉬려고 안간힘을 쓰며 애원했다.

"살려주세요. 저는 가야 해요."

"나부터 살려주라. 어미 없는 새끼들이 굶은 지 오래됐다."

수리부엉이는 산속으로 날아갔다. 새끼가 아비를 부르는 소리가 울려 퍼졌다. 수리부엉이는 그 소리가 들리는 암벽 틈바구니에 모노를 떨어뜨렸다. 수리부엉이의 둥지였다. 수리부엉이는 운 나쁜 작은 새를 찾아서 멀리 날아갔다. 둥지에 있는 새끼는 둘이었다. 둘 다 솜털을 벗고 깃털로 갈아입었다. 귀깃이 아비만큼이나 기다랗게 자란 모습을 보고 모노는 겁에 질렸다. 일어서려고 했지만, 다리가 떨려서 고꾸라졌다. 새끼들은 그런 모노에게 다가왔다. 하나는 몸집이 크고 다른 하나는 그보다 작았다. 몸집이 작은 새끼는 날개 한쪽을 다친 듯 상처가 남아 있었다. 모노는 우즈가 떠올랐다. 우즈는 끝까지 싸웠다. 어디에 있든. 모노는 자신 때문에 우즈가 다쳤다고만 생각해 왔다. 그런데 우즈 때문에 자신이 살았다고 생각해 보았다. 모노는 다리에 힘을 주고 일어섰다. 새끼들은 어리둥절한 얼굴로 그 자리에 멈추었다.

"잠깐, 잠깐만."

새끼들은 자기들끼리 말했다.

"말을 하네."

"맞아. 살아 있어."

모노는 작은 새끼에게 말을 걸었다.

"날개를 왜 다친 거야?"

새끼들은 서로를 쳐다보았다. 몸집이 큰 새끼는 보란듯이 작은 새끼를 옆으로 세게 밀어내며 말했다.

"내가 이겼으니까."

"맞아. 얘가 이겼으니까."

저항 없이 고꾸라진 작은 새끼가 겨우 일어나서 말했다. 모노는 작은 새끼에게 물었다.

"네가 졌어?"

"맞아. 내가 졌어."

"난 네가 이길 것 같은데."

몸집이 큰 새끼가 작은 새끼 앞으로 나섰다. 모노는 날개를 티 나지 않게 움직이며 더 크게 말했다.

"배고프지? 네가 이기면 다 네 거야."

"맞아."

작은 새끼는 큰 새끼에게 다가가 날개를 쪼았다. 다친 제 날개와 같은 쪽이었다. 큰 새끼가 맞서 작은 새끼의 머리를 쪼았다. 그 틈에 모노는 수리부엉이의 둥지를 빠져나왔다. 검은 산을 넘었다. 산 너머로 이어지는 물길을 따라서 날이 밝아 올 때까지 멈추지 않고 날았다. 모노는 흥분됐다. 자신의 힘으로 자신을 지킨 건 처음이었다. 모노는 늘 살고 싶었지만 살 수 있다고 믿지는 못했다. 그러나 지금 모노는 믿었다. 살 수 있을 거 같아. 살아갈 수 있어. 누구보다 먼저 우즈에게 이야기하고 싶었다.

 모노는 숲이 없는 땅에 다다랐다. 물에 잠긴 땅이었다. 그 땅에서 풀이 줄을 맞춰서 자라고 있었다. 모노는 숨어들 만한 나무를 찾지 못했다. 푹신푹신해 보이는 잿빛 풀 더미가 물에 떠 있었다. 모노는 풀 더미에 내려앉았다. 순간 풀 더미가 위로 떠올랐다. 풀 더미라고 생각한 건 왜가리의 등줄기였다. 왜가리는 물속에서 부리를 들고 물을 털었다. 모노는 왜가리의 머리 위로 날아올랐다. 왜가리는 모노를 보는 둥 마는 둥 무심하게 지나쳐 가며 말했다.
 "조심해라. 뱀이 있으니까."
 "정말? 나는 뱀한테 죽을 뻔했어."
 왜가리는 대답하지 않았다. 물에 잠긴 땅 한가운데 가만히 서서 물속을 응시할 뿐이었다. 모노는 왜가리가 그 자리에서 굳어 버린 줄 알았다. 걱정된 모노는 왜가리에게 다가갔다.
 "뱀이 나오면 어쩌려고 그래."
 "그럼 알려줘. 난 뱀을 찾고 있으니까."

모노는 그제야 왜가리를 다시 바라보았다. 날카로운 눈빛과 뾰족한 부리가 뱀보다 무시무시했다. 왜가리 옆에 있으니 모노는 뱀이 무섭지 않았다. 왜가리가 뱀을 잡는 모습을 보고 싶었다. 모노는 괜스레 왜가리 주변을 맴돌았다.

"왜 뱀이야? 다른 걸 먹어도 되잖아."

"우리 왜가리들은 큰 새야. 지금은 어린 형제들까지 있으니까."

왜가리는 물속에 부리를 냅다 꽂았다. 머리를 든 왜가리는 뱀을 단단히 물고 있었다. 뱀은 왜가리 부리에 몸을 감고 버티려고 했지만 소용없었다. 왜가리는 뱀을 한입에 삼켰다. 순식간이었다. 모노는 감탄했다.

"대단해. 너처럼 강해지고 싶어."

"처음부터 강한 새는 없다. 난 형제들을 지키고 싶을 뿐이야. 도망치기 바쁜 너희 작은 새들은 모르겠지만."

"함부로 말하지 마. 형제들은 목숨 걸고 나를 구했어."

모노는 쏘아붙였다. 왜가리는 모노를 내려다보았다. 모노는 그 눈을 피하지 않고 가슴을 내밀었다. 처음으로 큰 새를 똑바로 보았다. 큰 새는 작은 새보다 큰 새가 아니었다. 지키고 싶은 걸 가지고 있는 새였다. 모노는 큰 새처럼 날아오르는 디드가 떠올랐다. 디드는 혼자 노래하는 자유를 지켰다. 그리고 모노가 아는 가장 큰 새 우즈. 우즈는 모노를 지켰다. 왜가리는 비로소 물었다.

"넌 어디서 왔지?"

"갈참나무 숲."

"무엇을 지키고 싶어서?"

"맹세했어. 숲의 끝에 가야 해."

왜가리는 부리를 물에 여러 번 씻더니 땅에서 날아올랐다. 모노는 왜가리를 뒤따라 날아올랐다. 하늘 높이 갈수록 바람이 강하게 휘몰아쳤다. 왜가리조차 몸을 가누기 어려워했다. 왜가리는 모노에게 불어오는 바람을 막아서고 이리저리 흔들리며 말했다.

"바람을 거슬러 가라. 그럼 숲의 끝에 다다를 거야."

"숲의 끝에는 어떤 나무가 있어?"

"동백나무. 각오해야 할 거야. 동백꽃을 지키는 파수꾼이 있으니까."

"나를 왜 도와주는 거야?"

"목숨을 거는 새니까. 우리 큰 새들은 잘 모르지만."

왜가리는 모노를 한 바퀴 돌아서 정중하게 인사했다. 모노는 왜가리의 사과를 받았다. 왜가리는 아래로 몸을 날려 멀어졌다. 모노는 바람을 온몸으로 맞서며 나아갔다. 장대비였다. 모노는 중심을 잡으려고 애썼다. 하늘이 번쩍거렸다. 벼락이었다. 정신을 차린 순간 모노는 곤두박질치고 있었다. 몸이 마음대로 움직여지지 않았다. 모노는 다시 정신을 잃었다.

따뜻했다. 구멍. 나무 구멍이다. 모노는 생각했다. 그리고 우즈. 비 내리는 날에는 우즈와 나무 구멍을 찾아 들어가서 비를 피하고는 했다. 우즈의 오그라든 날개 안쪽은 따뜻했다. 모노는 그 날개에 붙어 앉아서 우즈의 이야기를 들었다. 이야기는 살고 싶은 숲부터 살고 싶은 둥지까지 오가며 기분 좋은 꿈처럼 이어졌다.

"벚나무 구멍이 좋겠어. 바닥에는 아주 부드러운 이끼를 깔아야지."

"아침 볕을 머금은 이끼라면 좋겠네."
"너도 있으면 좋겠다."
"내가 아니라 봄의 형제와 있어야지."
"너는? 같이 있고 싶은 박새가 정말 없어?"
"없다니까."
"있다면, 모노 너도 노래하고 싶을까?"
"너야말로 그런 박새가 있어서 노래하는 거 아냐?"

"응. 듣고 있을지는 모르겠지만."

"우즈 네 노래라면 분명 듣고 싶을 거야."

모노의 말을 듣고 우즈는 기쁜 듯이 제자리에서 뛰었다. 그런데도 슬픈 듯이 보였다. 우즈는 나무 구멍 앞에 서서 비가 그칠 때까지 노래했다. 애달픈 노래였다. 모노 앞에서만 연습하는 노래. 모노는 노래하는 우즈의 멱이 언제 부풀고 눈이 언제 빛나는지 잘 알았다. 그런데도 그 노래를 모르고 있다는 생각이 들었다. 모노는 노래를 더 가까이에서 들으려고 우즈에게 다가갔다. 순간 어마어마한 소음이 우즈의 노래를 집어삼켰다. 모노는 몸부림치며 눈을 떴다.

"깨어났구나! 라라, 얘 좀 봐!"

"물이 필요하겠는데. 솔, 바닷물이라도 떠 올까?"

"아니, 인간의 둥지에서 찾아봐야겠어."

"그건 더 쉬워. 다녀올게."

괭이갈매기 라라가 소음을 가르고 늠름하게 날아갔다. 모노 곁에 남은 다른 괭이갈매기 솔이 모노를 날개 밑에 넣고 소중하게 품었다. 날개 밑에서 모노는 알아차렸다. 둥지였다. 모노의 몸은 알과 알 사이에 끼어 있었다. 모노는 오랜만에 몸에 닿는 온기를 느끼며 저도 모르게 흐느꼈다. 솔은 모노를 들여다보았다.

"많이 놀랐구나."

"내가 어떻게 된 거야?"

"라라가 널 물어왔어. 인간들이 던지는 먹이도 놓치는 법이 없단다."

"여긴 어디야? 너무, 너무 시끄러워."

"넌 다른 숲에서 왔구나. 여기는 바다를 메워서 만든 인간의 숲이란다."

모노는 둥지를 기어 올라갔다. 둥지 주변이 밝아서 모노는 한낮이라고 여겼는데 한밤중이었다. 무수하게 움직이는 불빛이 수리부엉이의 눈처럼 밤을 밝히고 있었다. 인간들은 그 불빛을 따라다니며 여기저기에 흙을 들이부었다. 땅은 흙으로 산을 이루고 있었다. 둥지는 그 땅에 하나 남은 바위 틈바구니에 있었다.

"둥지를 왜 여기에 지었어?"

"여긴 우리의 숲이었단다. 라라와 먼바다에 갔다 와 보니 인간의 숲이 되어버렸지 뭐냐. 앞바다까지 전부 다."

"바다? 그게 뭐야?"

"우리 숲의 끝에는 바다가 있었단다."

솔은 쓸쓸하게 말했다. 라라가 돌아왔다. 물이 담긴 투명한 대롱이 부리 끝에 걸려 있었다. 라라는 대롱을 거꾸로 들고 모노의 머리에 물을 흩뿌렸다. 모노는 물을 받아 마시고 온몸을 탈탈 털었다. 날개에도 아까보다 힘이 들어갔다. 모노는 물을 더 찾아서 대롱에 머리를 들이밀었다. 그러자 라라는 대롱을 둥지 밖으로 내던졌다.

"인간들이 만든 대롱에 머리가 끼어버린 녀석들이 많거든."

"고마워. 덕분에 살았어."

"인사는 솔에게 해. 난 네가 죽었다고 말했는데 솔은 기다렸거든."

라라와 솔은 나란히 붙어서 알을 품었다. 모노는 놀랐다. 괭이갈매기 둥지에 있는 알이 박새 둥지에 있는 알보다 많았다.

"원래 많이 낳아?"

"우리 알? 하하, 얘 좀 봐."

라라와 솔은 다정하게 마주 보며 끼룩끼룩 웃었다. 솔이 말했다.

"우리 둘이 낳았단다."

"둘 다?"

"어미야. 라라도 나도."

"너희 같은 새는 처음 봐."

"난 라라를 찾아냈단다."

"나도 뭔가 찾고 있었는데, 기억이 안 나."

"바다에 가볼래? 없는 게 없단다."

솔은 라라를 쳐다보았다. 단 한 번의 눈빛을 주고받았을 뿐이었다. 그 눈빛을 보고 모노는 솔의 믿음을 느꼈다. 라라는 곧바로 몸을 일으키더니 둥지에서 날아올랐다. 솔이 말했다.

"라라가 데려다줄 거야. 행운을 빈다, 애야."

모노는 괭이갈매기 둥지에서 날아올랐다. 라라를 따라서 인간의 숲을 한참 동안 날았다. 어둠 속에서 살아 움직이는 건 인간뿐이었다. 라라는 말했다.

"여기도 바다였지."

"바다는 어떻게 생겼어?"

"매번 달라. 바다는 살아 있거든."

"뭘 할 수 있어?"

"나라면, 노래하겠어."

"노래하지 않는 새라면?"

"하고 싶어질 거야."

"왜?"

"바다를 보여주고 싶을 테니까."

뭐더라. 뭐였더라. 모노는 라라의 이야기를 듣는 내내 머릿속이 간지러웠다. 문득 공기의 무게가 달라졌다. 진득하고 묵직했다. 모노가 난생처음 느끼는 무게감이었다. 라라는 그 공기를 기꺼이 짊어지듯이 낮게 깔린 구름 아래로 미끄러져 내려갔다.

모노도 그 아래로 따라 내려갔다. 바다였다. 바다가 있었다. 한밤의 바다에서 모노는 그 소리를 들었다. 그동안 따라온 물길이 크고 검고 까마득하게 펼쳐지는 소리였다. 모노는 기억이 났다.

"여기가 숲의 끝이야?"

"뭘 찾고 있는데?"

"난 파수꾼을 만나야 해."

"바다와 땅이 맞닿는 길을 따라가. 동백나무 숲까지."

"더 물어봐도 돼?"

"얼마든지."

"솔에게 노래해 줬어?"

"먼저 노래해 준 건 내가 아니야. 솔이었어."

라라는 솔의 이름을 소리쳐 말했다. 모노가 들으라고 하는 말이 아니었다. 인간의 숲에 하나 남은 괭이갈매기의 둥지를 향해 부르는 노래였다. 이제는 라라가 솔의 노래에 답하고 있었다. 그 헌신이 모노의 등을 밀어주었다. 모노는 그 노래보다 멀리 날아갔다.

동백나무 숲은 바다 위에 동그마니 솟은 산자락에 있었다. 숲 속은 고요했다. 동백꽃이 어둠 속에 은은하게 드러났다. 모노는 동백꽃에서 또 다른 동백꽃으로 옮겨 앉으며 나아갔다. 그 동백꽃은 꽃송이 채로 땅에 톡 떨어졌다. 톡. 토독. 토독. 숲속 여기저기에서 모노처럼 작은 새가 튀어나왔다. 동박새였다. 동박새들은 모노를 완전히 에워쌌다. 모노를 노려보는 하얀 눈테가 매섭게 빛났다.

"침입자는 이름을 대라."

"나는 모노. 너희들은 파수꾼이야?"

파수꾼 동박새 가운데서 하얀 눈테가 부리부리한 동박새가 모노 앞으로 날아왔다. 그 동박새는 날개깃에 꽃잎을 달고 있어서 다른 깃털을 가진 새처럼 보였다. 계수나무 잎을 달고 있던 디드가 그랬던 것처럼. 그 동박새가 근엄하게 말했다.

"난 파수꾼 카스피다."

"디드를 알아?"

"형제다. 우린 형제가 되었다."

"난 디드에게 숲의 끝에 대해 들었어."

"침입자는 믿을 수 없다."

"두 개의 달."

파수꾼들은 웅성거렸다. 모노는 파수꾼들의 반응을 보고 확신했다.

"숲의 끝으로 가는 길을 알려줘."

"⋯⋯ 넌 이미 도착했다."

"여기라고?"

"형제들이여, 길을 열어라."

파수꾼들은 가지 끝에서 뛰어올랐다가 내려앉기를 거듭했다. 디드가 보여준 춤이었다. 모노는 춤추는 파수꾼들을 지나 카스피를 따라갔다. 카스피는 산자락을 따라 내려갔다. 동백나무 숲을 빠져나가자 모노는 눈앞이 막막했다. 검은 바다였다. 카스피가 바다에 떠 있는 외딴 바위를 가리켰다. 바다에 반쯤 잠긴 바위였다.

"형제들이여, 하늘을 열어라."

파수꾼들은 외딴 바위 위로 날아가 둥근 대열을 이루었다. 카스피는 둥근 대열에 마지막으로 섞여 들어갔다. 제자리에서 빙글빙글 돌고 돌았다. 파수꾼들은 춤을 추고 있었다. 바다는 외딴 바위를 집어삼킬 듯이 물결쳤다. 모노는 조마조마한 마음으로 파수꾼들을 지켜보았다. 외딴 바위 위에 펼쳐진 하늘에 달이 나타났다. 파도가 낮아졌다. 바다에 잠긴 외딴 바위가 서서히 모습을 드러냈다. 카스피는 모노에게 말했다.

"숲의 끝으로 가라."

모노는 용기를 냈다. 둥근 대열 안으로 들어가서 정지 비행을 하며 외딴 바위를 내려다보았다. 외딴 바위는 동박새의 둥지처럼 오목했다. 그 오목한 자리에는 물이 고여 있었다. 외딴 바위를 둘러싼 바다와는 달리 잔잔한 물이었다. 물속에 달이 나타났다. 외딴 바위 위에 나타난 달과 같은 얼굴, 두 개의 달이었다. 모노는 그 달에 가까이 다가갔다. 그런데 물속에서 또 다른 얼굴이 나타났다. 우즈였다. 모노는 혼란스러웠다. 우즈가 물속에서 모노를 바라보고 있었다. 모노는 더 가까이 다가갔다. 날개가 물에 닿으면서 잔물결을 만들었다. 우즈는 물속으로 사라졌다. 모노는 애가 타서 말했다.

"돌아와. 돌아와, 우즈."

우즈는 물속에 다시 나타났다. 달밤의 갈참나무 숲에서 모노에게 말하고 있는 거 같았다. 하지만 들리지 않았다. 모노는 우즈의 이름을 불렀다. 그럼 우즈도 이름을 부르는 거 같았다. 뭐? 뭐라고? 모노는 알아들었다. 우즈가 노래하고 있다고. 달이 외딴 바위 위를 지나서 하늘 저편으로 멀어져 갔다. 두 개의 달이 사라져 갔다. 우즈의 얼굴이 사라져 갔다. 바위는 검은 바다에 잠겼다. 모노는 그 바다로 뛰어들려고 했다. 카스피는 모노를 불러 세웠다.

"돌아오지 않는다."

"구하지 못했어. 난 아무것도 하지 못했어."

"아니다. 너의 형제가 아니다."

"그럼 누구란 말이야?"

카스피는 대답하지 않았다. 파수꾼들의 대열이 양 날개처럼 반으로 갈라졌다. 한쪽 대열이 위로 뛰어오르면, 다른 쪽 대열이 똑같이 위로 뛰어올랐다. 한쪽 대열이 아래로 내려앉으면, 다른 쪽 대열이 똑같이 아래로 내려앉았다. 한쪽 대열이 조그맣게 노래하면, 다른 쪽 대열이 똑같이 조그맣게 노래했다. 한쪽 대열이 커다랗게 노래하면, 다른 쪽 대열이 똑같이 커다랗게 노래했다. 날이 밝아왔다. 바다가 밝아왔다. 아침 바다는 밤바다처럼 크고 검고 까마득하지 않았다. 크고 푸르고 아름다웠다. 숲의 끝에는 두 개의 바다가 있었다. 모노는 물에 비친 우즈의 얼굴이 누구의 얼굴이었는지 깨달았다.

"노래한 건 나였어."

모노보다 먼저 노래해 준 건 우즈였다. 우즈는 모노가 갈참나무 숲을 떠나는 날에도 모노의 이름을 부르고 있었다. 모노가 그 노래를 들을 때까지. 모노는 우즈가 오래전부터 기다려주었다는 걸 알았다. 카스피는 모노에게 물었다.

"우즈는 누구의 이름인가?"

모노는 대답했다.

"봄의 형제."

카스피는 파수꾼들 사이사이를 날아다니며 춤을 추었다. 파수꾼들은 동백꽃 사이사이를 날아다니며 춤을 추었다. 모노를 전송하는 춤이었다. 모노는 파수꾼들이 지키는 외딴 바위에서 날아올랐다. 동백나무 숲에서부터 갈참나무 숲까지 가는 길. 우즈에게 돌아가는 길을 향해서 나아갔다. 아침을 맞이한 괭이갈매기들이 모노와 더불어 바다 위를 날았다. 라라는 모노에게 이야기했다. 바다에서는 노래하고 싶어질 거라고. 보여주고 싶어질 거라고. 모노는 보고 싶었다. 모노는 큰 새처럼 바다를 너르게 가로질렀다. 동백나무 숲에서 춤추는 파수꾼 동박새들은 먼 바다에서 들려오는 박새의 노랫소리를 들었다.

작가 노트

박새를 좋아하면서부터

쌍안경을 가지고 나가서 처음 본 새는 박새였다. 숲속에서도, 강변에서도, 도심에서도 박새를 흔하게 보았다. 매번 놀랐다. 여기에도 산다고? 흔한 새는 흔한 만큼 다양한 환경 어디서나 살아가는 새, 그만큼 강한 새다. 몸길이가 15센티미터에 불과한 작은 새가 말이다. 나는 박새가 좋아졌다. 박새를 보는 탐조 모임을 만들었다. 길동생태공원 박새 클럽. 혼자서 하는 탐조 모임이지만.

겨울이면 겨울이라고 봄이면 봄이라고 길동생태공원에 갔다. 박새처럼 작은 새들을 보았다. 쇠박새, 진박새, 곤줄박이, 오목눈이, 동고비, 딱새, 뱁새……. 작은 새들에게도 봄 여름 가을 겨울이 있다. 삶이 있다. 새를 보면 번식과 생존이 새들 삶의 전부가 아니라는 생각이 든다. 그 이상의 이야기가 있다. 어쩌면 서로의 삶을 구하는 사랑과 연대가.

소설 쓰는 사람으로 살면서 나는 어디에도 없는 흔하지 않은 이야기를 하고 싶었다. 박새를 좋아하면서부터는 흔한 이야기를 하고 싶어졌다. 박새처럼 작은 존재들이 살아가고, 사랑하는 이야기를 하고 싶어졌다. 그래서 이야기해 보았다. 먼저 그들에게 이름을 붙여주었다. 모노의 이름은 《우연과 필연》을 쓴 분자생물학자 자크 모노의 이름에서 빌려왔다. 난해한 그 책을 읽고 내가 이해한 문장은 딱 한 문장이었다.

"생명체들이란 이상한 존재들이다."

소설을 쓰는 동안 그 문장을 곱씹었다. 이상한 존재들. 작은 존재들. 흔한 존재들. 우리는 그런 생명체들이다. 새들은 알고 있지 않을까?
이 소설이 어디에도 없는 이야기가 아니라 어디서 본 이야기가 되었기를 바란다. 흔한 이야기는 강한 이야기다. 작은 존재들은 그들을 보지 않으려고 하는 존재보다 오래 살 것이다.

오호두
단편소설 〈첫입〉을 쓰고, 《어쩌면 이상한 몸》에 인터뷰어로 참여했다.

흰 밤

4월이 되면 센터는 분주해진다. 둘째 주 금요일로 예정되어 있는 낭송회 때문이다. 수강생들은 그날 두 편의 시를 발표하게 된다. 직접 고른 한국의 명시 한 편과 자신이 지은 시 한 편을 연달아 읽는 것이다. 발표 시간은 한 사람당 오 분 정도, 듣는 인원은 모두 합해봐야 오륙십 명 정도인 작은 행사지만, 이곳 학생들에게는 결코 쉬운 일이 아니다. 센터의 학생들은 모두가 타국에서 결혼 이민을 온 여자들로, 대부분은 고향에서도 시를 읽거나 써본 적이 없다. 학생들은 낭송회 한 달 전부터 나를 찾아와 자신이 쓴 시를 보여주고 한국의 유명한 시인에 대해 묻는다. 나는 주로 김소월이나 백석, 윤동주 같은 옛 시인들을 추천한다. 한동안 센터에서는 '응앙응앙 운다'나 '잎새에 이는 바람' 같은 시구들이 유행을 한다. 나 역시도 이 시기에만큼은 이런저런 옛시를 읽곤 한다. 지금 배낭에 든 것은 김소월의 시집이다. 김소월의 시는 시어가 쉽고 문장이 짧아 수강생들에게 소개하기 수월하다.

센터에 도착하면 우선 커피부터 만든다. 탕비실에 들어가 머신의 원두 찌꺼기를 버리고 커피를 내린 다음, 휴대용 술병에 담아온 위스키를 넣어 섞는다. 가끔 설탕을 넣기도 하지만 오늘은 아니다. 커피를 입에 머금고 천천히 삼킨다. 식도가 따뜻하게 달아오르면서 기운이 난다. 그 상태로 책상에 앉아 가방에서 파일을 꺼낸다. 파일에는 지난주에 제출하게 했던, 수강생들의 자작시가 적힌 종이 뭉텅이가 끼워져 있다. 그걸 하나씩 읽고 여백에 할 말을 적어둔다. 오늘은 수요일로 수업이 없는 날이지만 오후에 학생들과 시를 합평하기로 했다. 말하자면 보강 수업인 셈이다. 그러나 텅 빈 사무실에 혼자 있으니 수업도 없는 날 과연 학생들이 센터에 나올까 싶다. 수강생들 대부분은 버스를 타고 등원한다. 어떤 학생들은 남편이나 시모의 허락을 받아야만 외출을 할 수 있는 형편이라고 알고 있다. 수업이 없는 날에까지 이곳에 온다는 것을 그들이 쉽게 허락할 리 없다. 나는 텀블러에 남아 있는 커피를 한입에 털어 넣고 다시 탕비실로 걸어간다. 몸 구석구석이 따뜻하게 데워지는 느낌에 기분이 좋아진다. 몇 명 오지 않는다면 조금 더 마셔도 괜찮겠다는 생각이 든다. 휴대용 술병을 흔들어 남아 있는 양을 가늠해 본다. 오늘은 수인과의 저녁 수업이 있어 꽤나 긴 하루를 보내야 한다.

센터에 온 학생들은 모두 일곱 명이다. 우리는 책상을 둥글게 붙이고 앉는다. 나는 학생들에게 복사한 종이를 나눠주고, 서로의 시를 읽어볼 시간을 갖자고 말한다. 합평 방식은 간단하다. 내가 먼저 맞춤법이 틀리지 않았는지, 문장의 호응이 잘 맞는지 말하고 나서, 모두 함께 시의 내용에 대해 이런저런 이야기를 해보는 것이다. 물론 그렇다 해도 많은 이야기가 나오기는 어렵다. 수강생들과 마찬가지로 나 역시 시나 문학에 대해선 문외한인데다, 수강생들이 써낸 시들은 모두 엇비슷하다. 좋은 엄마가 되고 싶다는 다짐이나 한국 생활에 대한 낙관을 전할 뿐, 그 외의 시시콜콜한 이야기들은 하지 않는다. 낭송회에서 발표될 글이니 당연하다. '다문화의 밤'이란 이름의 이 행사에는 수강생의 가족들이 초대된다. 보통은 아내보다 열댓 살 이상 나이가 많은 남자들이 센터로 찾아오고는 한다. 아이들을 데려오는 경우도 있는데, 그러면 아이들은 전적으로 엄마들의 몫이다. 행사 도중 아이들이 울고 떼를 써도 남자들은 신경 쓰지 않는다. 발표를 코앞에 둔 수강생들이 낭송할 순서를 바꿔가며 아이를 교실 밖으로 데리고 나간다. 행사가 끝나면 센터장은 짤막한 인사말로 이 부부들의 결혼 생활을 축복한다. 나 역시 이들을 응원하지만, 이 모든 것이 아무 문제 없다는 그날의 분위기는 적응하기가 어렵다.

첫 번째로 합평을 받는 사람은 끄엉이다. 끄엉은 한국에 온 지 얼마 안 된 새댁으로, 아직은 한국어가 많이 서툴다. 수강생들이 각자 의견을 말하자 끄엉은 한국어와 베트남어가 섞인 문장을 부지런히 필기한다. 끄엉은 한국 생활에 잘 적응하는 듯하다. 이곳에서 새로운 친구들을 사귀었고, 덕분에 한국말도 비교적 빠르게 늘고 있다. 끄엉은 자작시와 함께 백석의 시를 낭송할 거라고 예고한다.

"백석 잘생겼어요."

끄엉의 말에 모두가 웃는다. 자신을 방탄소년단이라는 아이돌 그룹의 팬이라고 소개하던 끄엉의 모습을 나는 문득 떠올린다. 처음으로 센터에 들러 나와 함께 수업 신청 서류를 작성하던 중에 그녀는 뜬금없이 그 얘기를 꺼냈다. 한국 남자와의 결혼을 결심한 건 그들 때문이라고, 한국까지 왔는데도 아직은 텔레비전에서밖에 보지 못했다고 끄엉은 투덜거렸다. 나는 그녀가 가장 좋아한다던 멤버의 이름을 생각해 내려 애써보지만 좀

처럼 떠오르지 않는다. 언젠가 전철역에서 그 멤버의 생일을 알리는 커다란 광고판을 마주쳤던 것만 또렷이 기억이 난다. 그걸 휴대전화로 찍어서 끄엉에게 보내주려다 괜한 짓 같아 그만뒀는데, 지금 창을 등지고 앉은 그녀를 보니 그러지 않기를 잘했다는 생각이 든다. 창밖에선 연분홍색 꽃잎들이 봄바람을 타고 흩날리고 있다. 나는 곧 그것이 벚꽃이고, 이제 벚꽃이 지는 철이 왔음을 깨닫는다. 윤성과 헤어지고 나서 계절이 두 번 바뀐 것이다.

*

작년 가을에 윤성이 떠났다. 떠나면서 나름대로 제 물건을 챙겨갔지만, 아직 집 안에는 윤성의 흔적이 많이 남았다. 어젯밤에는 윤성이 신던 실내용 슬리퍼와 수면 양말, 먹다 남긴 영양제를 버렸다. 쓸모가 있는 물건은 그냥 두기로 했다. 수면등과 아로마 향초, 윤성이 마음에 들어 했던 규토 발깔개 따위를 나는 여전히 사용한다. 다만 술을 마시다 말고 숟가락 따위를 들여다보면서 그것을 사거나 얻은 시점에 대해 골똘해지는 때가 있기는 하다. 그런 물건들은 누가 언제 집으로 들인 것인지 잘 모르겠다.

윤성이 떠나던 날에 나는 전철역까지 동행하며 윤성의 짐을 옮겨주었다. 한 손에는 외투 몇 벌이 담긴 종이가방을 들고 다른 한 손으로는 캐리어 가방을 끌어야 했다. 윤성은 커다란 배낭을 멘 채 한겨울용 외투를 입고 땀을 흘렸다.

"더우니까 전철 타면 벗어."

나는 그렇게 말했고 윤성이 고개를 끄덕였다. 그것이 우리가 전철역까지 걸어가면서 나눈 대화의 전부였다. 윤성이 챙긴 식기 세트 때문에 걸을 때마다 캐리어 가방이 덜그럭거렸다. 나는 가방에 든 그릇이 깨지지 않을까 불안했다. 떠나기 전날 밤, 윤성은 내게 북유럽풍 식기 세트를 가져가도 되겠냐고 물었다. 그건 우리가 함께 살기 시작하면서 장만한 물건 중 하나였다. 윤성은 그 식기들을 갖추고 밥을 먹는 것을 좋아했다. 반찬이 몇 없어도 서글퍼 보이지 않는다는 이유였다.

"반만 가져갈게, 반은 언니가 써."

윤성은 식기 세트 두 벌을 식탁 위에 올려놓고 그렇게 말했다. 나는 그러자고 했다. 그리고 윤성 몫의 그릇을 신문지로 감싸기 시작했는데, 나중에는 종이가 모자랐다.

"대충 해도 안 깨질 거야. 좋은 물건이니까."

윤성은 그렇게 말한 뒤 내가 포장하던 그릇들을 집어 들어 캐리어 가방이 펼쳐져 있는 바닥에 내려놓았다. 그릇 옆으로는 각종 화장품 병들과 비닐봉지에 밀봉된 신발 몇 켤레가 놓여 있었다. 윤성은 어려운 수학 문제를 푸는 것 같은 표정으로 그것들을 바라봤다. 그 모든 것을 어떻게 가방 안에 배치할지 고민하는 듯했다. 식탁 위에는 내 몫의 그릇 한 벌이 남겨져 있었다. 가장자리를 따라 기하학적인 무늬가 섬세하게 새겨진 푸른색 자기들이었다. 나는 그것들을 크기 순서대로 쌓아 올려 다시 찬장에 집어넣었다. 그리고 냉장고에서 소주를 꺼내 마시기 시작했다. 그날은 윤성도 별말이 없었는데, 더 이상 자신이 관여할 일이 아니라고 생각했던 것 같다.

윤성은 이별의 이유에 대해 설명하지 않았다. 아마 내가 술을 너무 많이 마신 것도 여러 이유 중 하나이지 싶다. 또 다른 이유라면 윤성이 직장에서 해고되었기 때문이다. 윤성은 강남의 광고회사에서 계약직으로 근무하다가 계약 기간이 끝나면서 회사를 떠나게 됐다. 그리고 나서 반년 넘게 재취업하지 못하고 소득 없이 지냈다. 이 시기가 길어질 조짐이 보이자 윤성은 수원의 어머니 댁으로 돌아가고 싶어 했다. 월세를 나 혼자 감당해야 하는 상황이 부담스러웠던 것이다. 셈이 정확한 윤성은 누군가에게 빚지는 것을 싫어했고 그것은 나에게도 마찬가지였다. 윤성의 어머니가 나를 탐탁지 않게 생각하는 것도 문제였다. 어머니가 우리 사이를 이미 알고 있는 눈치라고 윤성은 말했다. 대놓고 의심하고 추궁하지는 않았지만 그런 눈치라고, 또 우리가 곧 헤어질 거라 짐작하고 있으며, 그래야만 한다고 믿고 있는 것 같다고 말이다. 그즈음 윤성의 어머니는 계속해서 딸의 맞선 자리를 알아 왔다. 어느 날에는 뜬금없이 내게 전화를 걸어 남자를 소개해 주겠다고 제안하기도 했다. 언젠가 깍두기를 싸 들고 집으로 찾아왔던 아주머니라곤 믿기지 않을 만큼 서늘한 목소리였다. 윤성은 직장을 잃은 상태에서 어머니와의 관계마저 틀어지는 것을 원치 않았다. 어머니는 윤성에게 하나뿐인 가족이었고, 윤성이 마음 놓고 손을 벌릴 수 있는 유일한 사람이기도 했다. 그러므로 어느 날 저녁, 윤성은 이 모든 것을 감당할 만큼 나를 좋아하는 것 같지는 않다고 털어놓았다. 기이하게도 내게 그 말은 화해의 제스처로 이해됐다. 어쨌거나 그간의 긴장 상태를 끝내자는 말이었으니까. 그때 우리의 관계는 완전히 망가져 있었다. 아니, 망가졌다기보다는 사라졌다는 표현이 옳았다. 그 무렵 우리가 함께하는 일이라곤 저녁나절 나란히 침대에 앉아 텔레비전을 보는 것이 전부였다. 그러다가 서로 다른 타이밍에 웃었고, 상대방에게 들리지 않을 만큼 작은 소리로 혼잣말을 했다. 금요일 저녁이면 윤성은 어머니 댁에서 주말을 보내기 위해 집을 나섰다. 윤성이 없는 주말 동안 나는 온종일 식탁에 앉아 술을 마시면서 노트북을 들여다보곤 했다.

*

수인은 무릎을 덮는 카디건을 입고 스터디카페로 들어온다. 카디건은 수인에게 조금 커 보인다. 특히 소매가 길어 보이는데, 소매 끝으로 수인의 손끝이 겨우 나와 있다. 수인은 가방을 내려놓고 카디건을 벗어 의자에 건다. 나는 휴대용 술병에 든 술을 조금씩 홀짝인다. 위장 속에서 저녁으로 먹은 국수의 면발이 따뜻하게 부풀고 있는 듯한 느낌이 든다. 이 시간이면 나는 꽤나 취기가 올라 귀와 목덜미가 조금씩 붉어진다. 그것 외에는 겉으로 드러나는 증상이 없다는 것이 다행이라면 다행이다. 아직까지 내가 하루 종일 술을 마시고 다닌다는 것을 알아차린 사람은 수인뿐이다. 수인은 바닥에 뒀던 가방을 다시 집어 들고 무언가 꺼낸다. 햄스터 모양 캐릭터가 그려진 천 주머니다. 수인은 그걸 내게 건네면서 선물이라고 말한다. 나는 그것이 휴대용 술병을 감싸는 주머니라는 것을 곧 알아챈다.

"너무 술병 같아 보여서요."

수인은 그렇게 말한다. 말을 마친 뒤에는 제 발음이 좋지 않다는 사실 때문에 표정이 굳어진다. 수인은 파열음과 파찰음을,

그중에서도 ㄷ과 ㅌ을 구분해 발음하는 것을 어려워한다. 나는 당황한 기색이 스쳐가는 수인의 시선을 피하면서, 대신 주머니를 벌려 병을 조금씩 밀어 넣기 시작한다. 수인이 주머니의 입구를 잡아준다. 주머니가 완전히 씌워지자 술병은 냉커피나 생수를 담는 용기처럼 보인다. 우리는 잠시 함께 웃는다. 그리고 교재를 펼쳐 수업을 시작한다. 수업 방법은 단순하다. 내가 먼저 한국어 문장을 읽으면 수인이 따라 읽는다. 그러면 내가 수인의 발음 중 틀린 부분을 골라 정정해 주고 그 부분을 조음하는 법을 설명한다. 사실 지난 수업부터는 지적할 부분이 거의 없었다. 이제 수인의 발음은 파찰음에만 약간의 문제가 있을 뿐 거의 완벽하다. 다만 말이 너무 느린 것, 그리고 말할 때 제 발음을 지나치게 신경 쓰는 태도는 여전히 문제다.

    수인은 지난겨울 내 수업을 들었던 청강생이었다. 센터는 결혼이민자들만을 학생으로 받는 기관이었으므로 원칙적으로 수인은 수업에 참여할 수 없었다. 다만 센터장은 수인이 베트남계 어머니를 둔 다문화가정 출신이라는 것을 감안해서 혹시 그 애를 청강생으로 받아줄 수 있겠느냐고 내게 물었고 나는 그렇게 하자고 했다. 어차피 수인이 원했던 발음교정 수업은 수강생이 열 명 남짓이니 한 명쯤 더 있어도 괜찮다고 생각한 것이다.

나는 센터에서 한국어 고급반과 자격증반, 그리고 발음교정반을 맡아 가르친다. 고급반과 자격증반은 여기에서 가장 어려운 과정들이고, 여기까지 공부를 계속하는 학생들은 많지 않다. 대부분은 초급반이나 중급반 정도에서 그만둔다. 그 정도 수준만 되어도 한국에서 생활하는 데에는 충분한 것이다. 이런 상황이다 보니 발음교정 수업을 듣겠다는 학생은 드물다. 발음교정 수업이 화요일 저녁 시간에 잡혀 있는 것도 문제인데, 그때쯤이면 수강생들은 저녁을 준비하러 집으로 돌아가야 한다. 결과적으로 발음교정 수업은 일 년에 절반쯤은 인원 부족으로 강의가 취소된다.

달이 바뀌며 수인이 청강하던 수업 역시 인원 부족으로 폐강 절차를 밟았다. 이 소식은 청강생인 수인에게는 전달되지 않아서, 수인은 12월의 첫 번째 화요일에 혼자 센터를 찾아왔다. 만약 오후 수업을 마친 내가 센터에 남아 있지 않았다면 수인은 닫힌 문 앞에서 되돌아가야 했을 것이다. 나는 목도리를 코밑까지 감은 수인에게 수업이 폐강된 이유에 대해 설명했고, 전달이 늦은 것을 사과했다. 수인은 고개를 끄덕여가며 내 말을 들었다. 그러고는 고개를 숙여 보인 뒤 출구 쪽으로 발걸음을 옮기다가, 다시 몸을 돌려 나를 바라봤다. 나와 눈이 마주치자 수인은 차를 한잔 대접해도 되겠냐고 물었다.

눈이 막 그친 거리는 차고 건조했다. 가로등 아래로 모아놓은 눈덩이가 불투명하게 얼어붙어 있었다. 수인과 나는 반걸음 정도의 간격을 유지한 채 말없이 걸었다. 행인들이 우리를 밀치고 지나갔다. 우리는 전면의 유리에 부옇게 김이 서린 카페로 들어갔고, 잠시 후 따뜻한 커피 두 잔을 사이에 두고 마주 앉았다. 카페는 따뜻했지만 몹시 시끄럽기도 했다. 우리와 가까운 테이블에 앉은 네 명의 남녀는 함께 성경을 펼쳐놓고 같은 구절을 소리 내어 읽고 있었다. 수인은 목도리를 풀어 가방에 집어넣은 다음 납작한 빨대로 커피를 빨아 마셨다. 그리고 내게 커피에 술을 타도 괜찮다고, 자신은 상관없다고 말했다. 발음에 신경을 쓰느라 수인의 말은 언제나처럼 느렸고, 나 역시 천천히 그 애의 말을 이해했다. 무례하고 난처한 말이었다. 내가 반응을 보이지 않고 가만히 앉아 있자 수인은 한 번 더 말했다.

"저는 괜찮으니까 마음 편히 드셔도 돼요."

나는 잠시 수인의 차분한 얼굴을 바라봤고, 가방에서 술병을 꺼내 잔에 조금 부었다. 테이블 위로 잠시 동안 알코올 냄새가 맴돌다 증발했다. 그때까지만 해도 나는 수인이 베트남에서 나고 자랐으려니 짐작하고 있었다. 발음이 좋지 않은 이유도, 이런 말을 무람없이 꺼내는 것도 한국의 말과 의례에 익숙지 않은 탓이라고 내 나름대로 이해한 것이다. 수인은 김이 오르는 머그

잔을 양손으로 잡은 채 시선을 내리깔고 있었다. 나는 위스키를 탄 커피를 천천히 마셨다. 머리 위의 스피커에서 청명한 종소리가 울리는 캐럴이 흘러나왔다. 잠시 후 수인이 입을 뗐다. 발음 교정 수업을 들으려 했던 이유는 가을에 있었던 사고 때문이라고 수인은 말했다. 그 사고로 앞니를 여덟 개나 잃었고, 없어진 이를 대체한 의치들이 제 역할을 하지 못하는 탓에 발음이 어긋나고 있다고 말이다. 그날 우리는 겨울 동안 발음 수업을 계속해보자는 데 동의했다. 돌이켜보면 당시에 내가 원했던 건 그저 누군가를 주기적으로 만나는 일이었던 것 같기도 하다. 수인은 윤성처럼 나를 염려하지도 경멸하지도 않았으니, 그렇게 만나기에 맞춤했을 것이다. 그리고 수인 역시 누군가가 필요했던 듯하다. 자신이 겪은 일을 털어놓을 수 있되, 어색한 발음과 어두운 피부색을 아무렇지 않게 받아들일 수 있는 사람이. 몇 번의 수업이 진행되는 동안 수인은 사고의 경위를 조금 더 자세히 들려주었다.

그 사건은 축제의 마지막 날에 일어났다. 그날 수인은 배꽃 모양인 학교 마크가 등에 큼직하게 새겨진 후드티셔츠를 입고, 등을 가리지 않도록 머리를 포니테일 스타일로 올려 묶고 있었다. 온종일 학과 주점에서 온갖 종류의 전을 부친 탓에 온몸에서 기름 냄새가 나는 듯했지만 기분은 무척 좋았다. 학생회에 들어가 처음으로 제 몫을 해본 날이었다. 수인은 두 번째 학기를 맞아 학생회에 가입했다. 첫 학기 내내 동기들 사이를 겉돌았던 것을 만회하고 싶었기 때문이었다. 적어도 그날까지 수인은 제 선택에 만족했다. 학과 내에 아는 선배들이 생긴 것, 절친하다곤 할 수 없지만 친구라고 부를 수 있는 동기들이 생긴 것에 수인은 기뻤다. 첫 학기 동안 한 번도 들어가 보지 못했던 학교 뒤편의 좌식 막걸릿집에 동기들과 어울려 앉아 있을 때, 거기서 학우들의 연애담을 듣고 학과 내의 공공연한 소문들을 뒤늦게 알게 되었을 때, 수인은 비로소 자신이 대학 생활이란 걸 하고 있다고 생각했다.

주점의 안주 재료가 동나자 수인과 학우들은 일찌감치 테이블을 정리하고 모두 함께 신촌으로 걸어갔다. 저녁 공기가 제법 차가워진 가을이었지만, 오후 내내 불 앞에 있었던 수인은 목이 바짝 탔다. 차가운 맥주가 몹시 당겼다. 수인과 친구들은 술집이 즐비한 거리에 이르자 지하에 있는 호프집으로 들어갔다. 촌스러운 무늬의 벽지에 철 지난 노래들이 반복해 흘러 나오는 곳으로, 수인은 몇 주 전 있었던 개강 총회 날에 처음으로 와본 곳이었다. 그들은 거기에서 널찍한 팔 인용 테이블을 차지하고서 맥주를 마셨다. 나중에 수인은 놀랍도록 상세히 그 술집의 풍경을 기억해 냈다. 몇 개의 테이블이 어떻게 배치되어 있었는지, 각 테이블에 몇 명의 사람들이 어떤 작태로 술을 마시고 있었는지 하나하나가 생생하다고 했다. 경찰서에서 범인들의 생김새에 대해 진술해야 했을 때, 머릿속에 선명하게 떠오른 이미지들이었다.

  테이블에 둘러앉은 학우들의 이야기 주제는 주로 그들의 주점에 찾아왔던 남자들이었다. 수인의 학교는 여대였고, 축제 기간이 아니면 캠퍼스에서 남학생들을 마주치기는 쉽지 않았다. 학우들은 저마다 마음에 들었던 남자에 대해 논평했다. 파란색 후드티를 입었던 남자나, 야구모자를 쓰고 있던 애라고밖에 부를 수 없었지만 다들 그럭저럭 알아듣는 눈치였다. 다만 수인은 정신없이 전을 부치느라 손님들을 알아볼 정신이 없었고, 그들이 말하는 남자들을 구별하지 못했다. 사실 수인은 어느 자리에서든 남자들 이야기가 재미있지 않았다. 수인은 제 또래 남자애들을 보면 학창 시절 자신을 집요하게 괴롭히던 남학생들이 떠올랐고, 지금은 성인이 되어 자신을 예의 바르게 대하는 남자들 역시 학창 시절에 비슷한 행동을 했을 거라고 짐작하곤 했다. 직접 그렇게 하지 않았더라도 그런 남자애들과 거리낌 없이 친구가 되고 자신을 비웃으며 우정을 다질 거라고. 그래서 수인은 대각선 방향으로 앉아 있던 선배가 담배를 피울 사람은 나갔다

오자고 말했을 때 함께 자리에서 일어났다. 그때까지 담배를 입에 대본 적도 없었지만 어쨌거나 밖으로 나가면 뭔가 다른 이야기를 할 수 있지 않을까 싶었다. 수인은 그 술집 앞에서 멘톨 담배를 입에 물었다. 그러나 필터를 두 모금쯤 빨자 술기운이 올라와 속이 거북해 견딜 수 없었다. 수인은 왼손에 타다만 담배가 끼워져 있는 것도 의식하지 못한 채 술집 뒤편의 비좁은 골목으로 걸어갔다. 수인이 골목 한구석에서 구토를 위해 몸을 수그렸을 때 남자들이 말을 걸었다. 그들은 등 뒤에서 수인을 '이대녀'라고 부르며 담배를 나눠달라고 했다. 그리고 수인이 뒤돌아봤을 때 남자들은 웃음을 터뜨렸다. 비웃음이었고 수인으로선 익숙한 상황이었다. 수인이 불 꺼진 담배를 바닥에 던져버리고 그곳을 빠져나오려 했을 때, 그들 중 하나가 수인의 머리채를 잡아챘다. 그대로 바닥에 엎어진 수인을 그들은 발로 여러 번 걷어찼다. 얼굴, 그중에서도 입과 턱의 부상이 심각했다.

나중에 수인은 그날의 일을 여러 번 다시 생각했다. 어떻게 모든 것이 톱니바퀴가 맞물리듯 딱 맞아떨어졌는지. 수인이 담배를 피우다 속이 안 좋다며 자리를 떴을 때 누군가 함께 갔다면, 아니 그전부터 수인이 대화에 적극적으로 참여할 수 있었다면. 처음부터 대학 생활에 무리 없이 스며들어 학생회까지 지원하지 않아도 됐더라면. 수인은 이런 일을 겪지 않았을 것이다.

"나는 겪지 않아도 될 일을 너무 많이 겪은 것 같아요."

수인은 긴 이야기 끝에 그렇게 말했다. 특유의 느린 말투로, 자신의 발음에 신경 쓰느라 조금은 긴장한 표정으로.

"그리고 앞으로도 겪게 될 것 같아요."

그때 우리는 카페에 마주 앉아 있었고 나는 내 몫의 위스키를 수인의 커피잔에 조금 부어주었다. 수인에게서 이 모든 이야기를 들은 날, 나는 어째서 술을 마시는 사람이 수인이 아니라 나인지 생각했었다. 나는 수인처럼 누군가에게 린치를 당한 적이 아직은 없다. 어떤 집단의 일원이 되기 위해 애썼던 적도 없는 것 같다. 언젠가 윤성은 내가 '그냥 너무 나약하기 때문에' 술을 마시는 거라고 얘기했는데, 나도 동의했다.

*

다문화의 밤은 여느 때처럼 진행된다. 시작과 동시에 시 의원이 축사를 한다. 낭송회는 맨 마지막 순서다. 그 사이에 인근 교회 성가대의 축하 공연이 있을 것이다. 성가대 중 몇 명은 우리 센터 출신이고, 센터장은 그들을 졸업생이라고 부른다. 그들은 작년에도 재작년에도 합창 공연을 위해 이곳에 왔었다. 그들이 공연하는 모습을 찍어둔 사진 몇 장이 센터 복도에 걸려 있다.

가장 최근에 걸어놓은 액자다. 조금 더 전에 걸어두었던 것으로는 나를 포함한 강사들의 사진과 지난 행사 때 발표되었던 수강생들의 시 몇 편이 있다. 그 대열의 맨 끝에, 가장 오래된 액자 속에는 이곳에서 공부했던 다문화가정 아이들의 동시와 그림이 있다. 그걸 쓰고 그렸던 아이들은 이제 고등학생이 됐거나 스무 살이 넘었을 것이다. 내가 이곳에 왔던 첫해에만 해도 센터는 다문화가정 아동들을 수강생으로 받고 있었다. 다만 지원금이 삭감되고 결혼이민자들은 점점 많아지면서 이듬해에 모두 중지되었다. 나중에 선생님들을 보겠다고 센터로 종종 놀러 오던 아이들도 몇 있었는데, 이제는 그 애들의 얼굴조차 떠오르지 않는다. 수인과의 수업을 시작한 뒤 나는 가끔 그 애들이 어떻게 자랐을지 궁금해지곤 했다. 수인처럼 교실에서 온갖 일을 겪었을까. 수인 때보다는 다문화가정 아이들이 많아졌으니 사정이 조금 더 나아졌을까. 다문화가정 아이들은 한국어를 모국어로 사용하는 보호자들과 자란 아이들에 비해 국어 능력이 더디게 발달했다. 그리고 자랄수록 격차가 심해지곤 했다. 언젠가 수인이 자신이 무척 특이한 케이스라고 말한 적이 있었다. 나는 동의했다. 수인은 어쨌든 서울에 있는 명문대에 진학했고, 그게 얼마나 어려운 일인지는 누구보다 내가 잘 알았다. 수인은 완벽한 발음으로 학교에 돌아가길 바랐다. 지금처럼 불완전한 한국어로는 아무도 자신을 한국인으로 봐주지 않을 거라고 수인은 생각했다. 그건 수인이 가장 두려워하는 일이었다.

끄엉은 예고했던 대로 백석의 시를 읽는다. 내가 모르는 시다. 아마도 젊었던 백석이 쓴 시일 거라고 나는 짐작한다. 언젠가 마을에서 수절과부 하나가 목을 매여 죽은 밤도 이러한 밤이었다, 시는 그렇게 끝이 난다. 낭송이 끝나자 모두가 박수를 친다. 수인도 내 옆에 앉아서 끄엉에게 박수를 보내준다. 행사가 시작하기 직전에 수인은 학교로 돌아갈 생각이라고 내게 말했다. 더 이상 여기에 있어선 안 될 것 같다고, 여름부터 계절학기 수업을 듣기 시작할 생각이라고 말이다. 나는 그러자고 했다. 이제 그럴 때가 된 것도 같다고. 나는 그 얘기를 듣는 동안 윤성이 마지막으로 집에 들렀던 순간을 생각했다. 짐을 챙겨 어머니 댁으로 가고 나서 딱 한 번, 윤성은 나를 찾아왔었다. 우리는 함께 밥을 차려 먹고 물을 끓여 인스턴트 커피를 타 마셨다. 헤어질 무렵에는 거의 하지 않았던 일이었다. 윤성은 취업에 성공해 다음 달부터 출근하게 됐다는 소식을 전했다. 작은 회사지만 그래도 당장 일을 시작하는 게 중요할 것 같다고 말하는 윤성의 얼굴로 석양이 비쳐 들었다. 윤성이 베시시 웃으며 눈을 찡그렸다.

"그 얘길 하려고 온 거야?"

내가 묻자 윤성은 고개를 끄덕거렸다.

"언니 혼자 잘 사나 보고 싶기도 하고."

그때 나는 그 말을 그대로 믿었다. 그러나 다시 생각해 보니 윤성은 그동안 내가 술을 안 마시거나 덜 마시지 않았을지 궁금했던 것이 아닐까 싶다. 만약 내가 좀 달라져 있었다면 윤성은 다시 그 커다란 캐리어를 끌고 묵직한 배낭을 메고 우리 집으로 찾아왔을지도 모른다. 그러나 나는 그러지 못했다. 그리고 그러기를 바라지도 않았다. 윤성이 집에 더 머물러줬으면 하는 마음이 반, 윤성이 어서 떠나 혼자 편히 술을 마시고 싶은 마음이 반이었다. 아마 윤성과 함께 살 적부터 나는 이런 상태였을 것이다. 윤성은 자기가 먹은 그릇들을 깨끗이 설거지한 다음 돌아갔다.

낭송회가 진행되는 동안 수인은 자주 웃고, 오랫동안 박수를 친다. 나는 학생들이 시를 꽤나 많이 고쳐 온 것을 알고 놀란다. 다행히 낭송회가 끝날 때까지 아이들이 보채는 일도 없다. 오늘의 행사는 대성공이다. 낭송회가 끝나자 강사들은 교실을 정리한다. 옆 교실로 옮겨두었던 책상들을 다시 가져오고, 열을 맞춰 늘어놓았던 의자들을 책상 수에 맞게 들어 낸다. 과자 부스러기로 엉망이 된 바닥을 빗자루로 쓴다. 수인 역시 강사들을 거든다. 그리고 청소를 마친 뒤에는 복도에 서서 거기 걸려 있는 사진과 글을 들여다본다. 수인이 다시는 이곳에 오지 않을 것을 나는 안다.

강사들은 다 함께 호프집으로 맥주를 마시러 가고, 나는 그들을 마다한 채 수인과 함께 걷는다. 헤어지기 직전에 수인은 배낭에서 박스를 꺼내 건네준다.

"그동안 과외비예요."

수인은 말한다. 그리고 이것까지만 먹고 술은 이제 그만 마시라며 웃는다. 나는 박스를 열어 붉은 벨벳 틀에 끼워져 있는 위스키병을 바라본다. 그리고 그렇게 하는 것만으로 술이 필요해진다. 어떻게 해도 술을 마시는 것을 그만두지는 못할 거라고 나는 말하고 싶다. 내가 알콜성 치매에 걸리는 건 결국 시간문제고, 그러기도 전에 한국말을 제대로 발음하지 못하게 되어 직장에서 해고될 거라고. 하지만 그런 말들은 하지 않고 박스를 한 손으로 든다. 그리고 수인에게 모든 면에서 정확한 한국어를 구사하고 있다고 말해준다. 그건 정말이다.

"대학에 돌아가면 더 좋은 친구들 만날 수 있을 거야. 아니 대학이 아니라 어디에서도."

"그럴 거예요."

수인은 힘차게 고개를 끄덕거린다. 수인은 나보다 훨씬 더 굳센 사람이다. 나는 수인의 그런 점을 좋아한다. 수인이 쭈뼛거리며 다가와 나를 가볍게 껴안을 때, 그리고 나서 뒤돌아 벚꽃이 떨어진 거리를 혼자 뚜벅뚜벅 걸어갈 때 나는 그 사실을 마음 깊이 실감한다. 그러나 그 역시 내가 술을 마시는 이유가 되진 않는다는 것도 안다. 나는 수인과 헤어지고 서둘러 집으로 돌아간다. 오늘 밤의 술을 마시기 위해.

작가 노트

 당연한 얘기지만, 요즘에는 인생에서 통제하기 어려운 일이 많다는 것을 자주 생각합니다. 그리고 소설 속 두 인물 역시 자신이 통제할 수 없는 상황에 놓여 있었다고 생각해요. 수인은 자신이 겪은 사건을 되짚어 보면서, 그것을 이해할 만한 것으로 만들고 싶었던 것 같아요. '나'는 그보다 무력한 채로 술을 마시고요.

 두 사람을 응원하면서 썼지만, 사실 두 사람은 제 응원이 닿지 않는 곳에 있었다는 것을 잘 알고 있었습니다. 오히려 응원을 받은 사람은 저라는 사실도요. 책을 읽는 여러분께도 이 소설이 미약하게나마 위로가 되었으면 좋겠습니다.

서장원
소설집 《당신이 모르는 이야기》가 있다.

지향

강의 죽음을 나는 강의 아버지에게 들었다. 강의 아버지는 나를 강의 애인으로 잘못 알고 있었다. 발인하던 날 나는 강이 나에게 맡겨두었던 피켓을 가지고 간다. 강의 어머니는 강이 직접 만든 피켓을 소중하게 받는다. 강의 부모님은 피켓을 태우지 않고 차에 보관했다가 화장이 끝난 뒤에 가지고 돌아간다. 피켓을 강의 어머니에게 전하고 집에 오는 길에 나는 내내 후회한다. 피켓은 강이 손으로 자르고 붙여서 만든 물건이다. 그렇기 때문에 강의 부모님에게 전달했다. 그리고 그렇기 때문에 나는 강이 만든 물건을 가지고 있기를 원했다. 그 외에 강이 나에게 남긴 물건은 없다. 나는 강의 애인이 아니다. '친구'라는 단어는 지나치게 폭넓은 의미들을 전부 감싸고 있어 매우 모호하다. 혈연 이

외의 타인과 공유한 깊고도 단단한 결속을 이르는 용어가 대부분 성애를 허용했는지의 여부와 관련되어 있다는 것은 내 입장에서 조금 소름 끼치는 일이다. 나와 강은 함께 데모하고 함께 투쟁하고 같은 삶의 지향을 가지고 있다. 강의 아버지는 나를 강의 '동지'라고 지칭한다. 강이 데모하는 사람이 된 이유를 나는 강의 아버지를 보면서 조금 짐작했다. 강의 얼굴 구조, 어조, 말할 때의 억양이나 표정은 강의 어머니와 똑같다. 내가 강의 애인이었다면 강이 살아 있을 때 이런 사실들을 발견할 수 있었을까. 이제 와서는 알 수 없다.

　무성애(Asexuality)는 2004년 앤서니 보개트(Anthony F. Bogaert)의 연구를 통해 성적지향 혹은 정체성으로서 알려지기 시작했다. 행위론적 측면에서 무성애는 성행위의 부재, 심리적 측면에서 성적 욕망 혹은 성적 끌림의 부재로 정의되며, 정체성의 측면에서 스스로를 무성애자로 규정하는 것으로 정의된다.•

• Poston D. L & Baumle A. K, "Patterns of Asexuality in the United States," *Demographic Research*, Vol. 23, 2010, pp. 509~553.

나와 강(杠)은 같이 데모하는 사이다. 이것이 우리의 관계를 가장 정확하게 규정하는 표현이다. 우리는 같이 데모하고 같이 행진한다.

나는 강을 평등행진에서 만난다. 강은 배낭에 무지개 깃발을 꽂고 손목에는 검은색, 회색, 하얀색, 보라색 띠를 묶고 있다. 강의 손가락에 낀 검은색 반지가 보인다. 나는 그 반지를 잘못 해석하여 강에게 애인이 있다는 의미로 오해한다. 그래서 나는 강에게 말을 걸지 않는다. 평등행진은 차별금지법 제정운동이 첫 걸음을 뗀 지 10년째인 2017년에 시작되었고 팬데믹으로 중단되었던 2020년만 제외하고 계속 진행되었다. 나는 모든 평등행진에서 강을 본다. 더 정확히 말하자면 내가 행진에 가면 언제나 강이 거기 있다. 많은 사람들 사이에서도 강은 눈에 띈다. 일단 강을 알아보기 시작하자 나는 행진에 갈 때마다 언제나 강을 본다. 그때의 강은 나를 모를 것이다. 나도 그때는 강의 이름을 알지 못한다. 그러나 나는 강을 알고 있다. 강은 무지개 깃발을 들고 있기도 하고 가방에 꽂고 있기도 하고 깃발 대신 무지개 천을 두르거나 띠를 묶고 있을 때도 있다. 검은색, 회색, 흰색, 보라색의 4색 띠는 언제나 손목에 묶거나 가방에 달고 있다.

그 후에 나는 강을 퀴어문화축제에서 처음 만난다. 동성애는 죄악이라고 외치는 사람들이 광장을 둘러싸고 행진 대열을 계속 따라온다. 동성애를 되풀이해 비난하는 사람들을 향해 우리는 야유한다. 그들이 '동성애'를 외칠 때마다 우리는 받아친다.
"양성애 아세요?"
우리는 외친다.
"무성애 아세요오?"
 나는 이렇게 외치며 웃는 소리를 듣는다. 옆을 돌아보았을 때 강이 있다. 나는 강의 웃음소리가 마음에 든다. 자신들이 잘 모르고 알고 싶지 않은 일은 전부 죄악이라 외치기를 좋아하는 사람들이 앞을 가로막는다. 행진이 잠시 멈춘다. 우리는 판을 깔고 음악을 튼다. 강은 아스팔트 맨바닥에 그냥 앉아 있다. 내가 깔개를 내민다.
"저 두 개 가져왔어요."
 그 말은 사실이다. 강을 유혹하기 위해서 한 말은 아니다. 나는 유혹하지 않는다. 강은 유혹당하지 않는다. 강은 나를 아직 모른다. 나는 이미 강을 알고 있다. 그리고 강이 나를 알게 될 것이라는 사실을, 우리가 함께 데모하는 사이가 될 것이라는 사실을 알고 있다.
 시간에 대해서는 두 가지 학설이 있다. 하나는 시간이 과거에서 시작해서 현재를 거쳐 미래로 흐른다는 것이다. 다른 한 가지는 어떤 사건을 중심으로 이전의 시간과 이후의 시간이 있다는 것이다. 이 두 가지 시간 인식은 서로 상충한다. 그러므로 시간은 존재하지 않는다고, 존 맥태거트 엘리스 맥태거트(John McTaggart Ellis McTaggart)라는, 다분히 특이한 이름을 가진 수학자가 "시간의 비현실성"이라는, 학술논문이 아니고 그냥 아주 짧은 에세이에 대충 썼다. 그의 이름 자체가 맥태거트라는 성 이전과 이후로 나누어져 있었기 때문에 그가 이런 생각을 할 수 있었던 것인지도 모른다. 시간이 왜 비현실적이냐면 예를 들어 이런 것이다. 오늘이 5월 13일이라고 했을 때, 5월 12일은 과거이고 5월 14일은 미래이다. 그러나 5월 14일 입장에서 보면 그보다 이전인 5월 13일은 과거이다. 5월 12일의 관점에서 봤을 때 그보다 이후인 5월 13일은 미래다. 5월 13일은 그냥 5월 13일인데, 같은 날이 과거도 될 수 있고 미래도 될 수 있다면 과거—현재—미래 순서로 흐르는 일직선적인 시간이란 존재할 수 없는 게 아니냐는 것이 맥태거트의 주장이었다.

맥태거트의 주장은 최소한 나에게는 옳다. 시간에는 이전과 이후만 있을 뿐 일직선상의 일방향적 흐름은 존재하지 않는다. 나는 강을 만나기 이전의 모든 시간에 존재하고 또한 강을 만난 모든 사건에 존재한다. 강을 만난 이후는 없다. 나에게 미래는 존재하지 않는다.

무성애는 로맨틱한 끌림의 부재(aromantic) 혹은 성행위에 대한 욕망이 부재(asexual)한다. 그러므로 무성애자는 동성에게도 이성에게도 성애를 느끼지 않는다. 따라서 무성애자는 근본적으로 성기 중심의 이성애적 관계맺기 모델에서 벗어나 있으며 그렇기 때문에 퀴어하다. 무성애를 포함한 퀴어는 시스젠더 이성 간의 로맨스, 결혼, 성교, 임신, 출산, 육아로 규정되는 '정상성'의 방향에서 벗어난 지향성 혹은 정체성을 가지고 있다. 동성애를 포함한 유성애자는 최소한 법제화를 통하여 로맨스, 결혼, (입양 등을 통한)육아 등 '정상가족'의 구성이라는 같은 혹은 유사한 방향성을 지향할 가능성을 가지고 있다. 무성애는 이 모든 유성애 중심주의적 방향성에서 완전히 벗어나 있다. 그 이탈은 자유일 수도 있고 광막한 황무지일 수도 있으므로 자유와 폐허 사이의 모든 상태를 포함할 것이다. 유성애자든 무성애자든 삶이 본래 그러한 것이기 때문이다. 사람은 평생 언제나 어느 한 가지 상태로 고정되어 존재할 수 없다. 로맨틱한 끌림을 느끼지만 성욕을 느끼지 않을 수도 있고, 성욕을 느끼지만 구체적인 대상에게 성행위의 방향성이 향하지 않을 수도 있다. 그 모든 지향은 타당하다. 그리고 나에게는 강이 있다. 있었다. 있을 것이다.

"어렸을 때부터 머리가 아주 짧았어, 대학교 졸업할 때까지."

강이 불쑥 말한다. 강은 언제나 불쑥 말한다.

"남자애처럼 보였어. 여자 화장실에 들어가면 사람들이 소리 지르고 그랬어."

트랜스젠더 청소년들이 들고 있는 피켓에는 무엇보다도 안전할 권리에 대한 열망이 담겨 있다. 학교에서, 가정에서, 사회에서 안전할 권리, "안전하게 쉬 쌀 권리." 화장실에서 안전할 권리, 가장 개인적인 순간에 존엄할 권리에 대해, 불법 촬영의 왕국에서 살아가는 시스젠더 한국인 여성인 나는 무엇보다도 공감한다. 다른 인간이 겪었고 겪고 있는 신체와 정신의 위협을 내가 완전히 똑같이 경험하지 않았다 해서 짐작할 수 없는 것은 아니다. 공감하고 연대하기 위해 완전히 같은 지향을 갖거나 완전히 같은 경험이 필수적인 것도 아니다. 강은 남자가 되고 싶다고 생각했던 적은 없다고 했다. 자신의 성별에 의문을 가지거나 신체 위화감을 느꼈던 경험도 없다. 강은 쉬는 날에 뜨개질과 요리를 즐기는 '여성적'인 취향을 가지고 있다. 강은 일하거나 데모할 때 편하기 때문에 짧은 머리와 바지 차림을 고수한다. 강을 만나기 오래전에 나는 격투기를 배웠다. 그 격투기는 대부분 남자들이 장악했지만 여자들도 참여하는 종목이었다. 지역대회에 나갔을 때 나는 국가대표 여성 선수들과 대련을 했다. 여성 선수들은 긴 머리를 하나로 묶어 등 뒤에 늘어뜨렸고 호리호리하고 단단하고 인정사정없이 아름답고 사나웠다. '보통' '일반적으로' 생각하는 성별이분법에 의거한 성역할이란 납작하기 짝이 없다.

그때 나는 나를 두들겨 패는 여성 선수들의 격렬한 아름다움에 매혹되었고 그렇게 매혹되는 나 자신이 당혹스러웠다. 나는 운동선수를 성애화하는가. 같은 여성으로서 여성을 대상화하는가. 나는 동성애자인가. 아니면 나는 남성이 되고 싶은가. 혹은 그저 여성을 성애화하는 성별이분법적 남성중심주의적 관점에 지나치게 물든 것인가. 어느 쪽이든 폭풍처럼 휘몰아치는 멋지고 굳센 사람들에게 매혹되지 않을 방법은 없다. 그때의 혼란스러움과 지금 나의 지향성을 나는 모두 이해한다. 나는 어떤 특정 성별을 차별하고 대상화한 것도, 성적으로 이끌린 것도 아니다. 빛나는 다른 인간에게 경탄했던 것이다. 나도 인간이기 때문이다. 무성애는 성애적 끌림의 부재일 뿐 감정의 부재는 아니다. 무성애자는 인간이며 마른 나뭇가지도 로봇도 아니다.

"뭣 좀 마실래?"

내가 제안한다. 강이 반가워한다.

"시원한 거 마시자."

내가 먼저 계산대로 다가간다. 강이 말한다.

"다음번엔 내가 살게."

"응."

내가 대답한다. 그것은 단순한 사실이다. 실제로 다음번 집회가 끝난 뒤에는 강이 커피를 산다. 나는 강을 만나는 모든 순간에 있고 강과 함께 하는 모든 순간을 알고 있다. 팬데믹 때문에 차별금지법 제정 행진 대신 조계종 사회노동위원회가 주관한 오체투지가 진행된다. 나는 오체투지를 하고 강은 옆에서 피켓을 들고 동행한다. 피켓은 '차별금지법 제정하라' 아홉 글자를 커다랗게 주장하고 있으며 강이 직접 손으로 만든 것이다. 색이 들어간 두꺼운 마분지를 사고, 커다란 색 도화지를 사고, 리본과 물감과 여러 가지 재료를 구해 와 강은 자기가 원하는 문구를 넣어 피켓을 만든다. 강이 데모에 언제나 착용하고 나오는 검은색, 회색, 흰색, 보라색의 손목띠도 뜨개질을 해서 직접 만든 것이다. 나는 앞장선 스님의 북소리를 따라 땅에 엎드리고, 두 팔꿈치와 양 무릎, 이마를 땅에 댄다. 마스크 사이로 아스팔트의 냄새가 흘러 들어온다. 그것은 기름 냄새, 흙냄새, 가끔은 땅에 으깨어진 나뭇잎과 아스팔트 사이로 돋아나는 풀의 냄새다. 우리는 횡단보도에 엎드린다. 보행자 신호등이 빨간색으로 바뀐다. 오체투지 행진단에 길이 막힌 차들의 짜증스러운 경적소리가 들린다. 신호수 스님의 북소리가 왠지 아무리 기다려도 들리지 않는다. 나는 고개를 들까 말까, 어떻게 된 일인지 한 번 볼까 말까 고민한다. 내 옆으로 누군가의 발이 다가온다. 남색 운동화는 강의 신발이다. 강이 내 왼쪽 옆구리에 바짝 붙어 선다. 나는 고개를 살짝 왼쪽으로 돌린다. 양옆에 있는 위협적으로 커다란 차 바퀴와 은빛 범퍼의 아랫부분만 눈에 들어온다. 강은 차와 나 사이를 몸으로 막고 있다. 강은 아무 말도 하지 않는다. 경찰이 호루라기를 불며 운전사를 야단친다. 은빛 범퍼와 커다란 타이어를 단 차의 운전사가 지지 않고 큰 소리로 욕을 한다.

"저기, 깔개 빌려주신 분……?"

죄악을 외치는 사람들 때문에 행진이 가로막히고 한참 음악도 틀고 춤도 추던 사람들이 하나둘씩 일어나 광장으로 돌아가기 시작했을 때 강이 말한다. 나는 강 옆에 서 있다. 그래서 나는 선생님 질문에 대답하는 초등학생처럼 손을 들고 강 앞에 나선다. 강은 나에게 깔개를 돌려주고 고맙다고 인사한다. 나도 가볍게 고개를 숙여 인사를 받는다. 그리고 강과 나는 헤어진다. 강은 집으로, 나는 광장으로 돌아간다. 강의 남색 운동화는 내 왼쪽 옆구리 앞에서 움직이지 않는다. 아스팔트 위에 고개를 숙인 채 훔쳐보는 내 눈앞에서 은빛 범퍼와 커다란 차 바퀴가 강을 위협한다. 교통경찰이 시끄럽게 호루라기를 분다. 스님이 북을 친다. 나는 양팔로 상체를 받치며 땅에서 몸을 일으킨다. 고개를 들고 나는 은빛 범퍼와 커다란 타이어 뒤에 안전하게 숨어 욕하고 위협하는 비겁한 운전자를 쳐다본다. 다섯 걸음 건고 북소리가 들리고 나는 다시 땅에 엎드린다. 강이 옆에서 직접 만든 피켓을 높이 치켜들고 천천히 말없이 걷는다. 북소리가 울리면 강은 말없이 내 옆에 멈추어 선다. 자동차의 범퍼들과 커다란 차 바퀴들과 땅에 엎드린 내 몸 사이를 강이 종이 한 장을 손에 들고 막아서 있다.

> 성행위 혹은 성욕의 부재는 정신질환으로 여겨져 1980년 정신질환 진단 및 통계 편람(Diagnostic and Statistical Manual of Mental Disorder)에 '억제된 성욕'으로 명명되어 등재되었다가 이후 1984년에는 '성욕감퇴장애'로 재명명되었다. […] 여전히 낮은 정도의 성욕은 장애 진단 기준으로 남아 있다는 점에서 무성애의 완전한 탈병리화가 이뤄졌다고 보기는 어렵다.•

무성애는 장애인가? 동성애가 질환이라는 잘못된 구닥다리 주장에 대해 "나 오늘 게이라서 출근 못 한다"고 답하는 성소수자 농담을 떠올리며 나도 가끔은 "성욕이 없어서 출근 못 해요"

• 조윤희, "한국에서의 무성애 지향에 대한 탐색적 연구: 온라인 커뮤니티 분석을 중심으로," 〈미디어, 젠더&문화〉, 37권 4호, 2022, 128~129쪽.

를 언젠가는 시전해 보고 싶다는 충동을 느낀다. 지정성별 여성으로 태어난 사람이 결혼을 통해 남성에게 부속되지 않으면 신변 안전과 생존을 보장받지 못하던 시대는 대단히 길었다. 그런 시대와 관점은 아주 많은 것을 장애로 만든다. 활동가들은 장애인이 존엄할 권리, 교육받을 권리, 노동할 권리, 이동할 권리를 외치며 도로를 행진하고 나는 강과 함께 천천히 따라간다. 경찰이 행진대오 양쪽과 뒤쪽까지 3면을 전부 막는다. 행진대열은 경찰의 초록색 조끼에 파묻히다시피 가려진다. 활동가들은 경찰이 양쪽에 늘어선 좁은 1차선 일방통행 도로에서조차 물 흐르듯 거침없이 능숙하게 휠체어를 운전한다. 유성애자 중심의 세상에서 내가 느끼는 것은 주로 혼란이며 내가 경험한 폭력은 주로 개인적이고 친밀한 순간에 일어난다. 반면 장애인 동지들이 느끼는 것은 매일, 매 순간 적대적이고 의도적이며 능동적으로 위협적인 세계다. 그것은 차라리 여성으로서 나의 경험에 더 가깝게 맞닿아 있다.

장애는 무성애적인가? 당연히 그렇지 않다. 다만 비장애인 이성애자 중심의 세계가 이성애자 남성과 여성의 결혼, 성교, 임신, 출산, 육아라는 '정상성'의 경로에 장애를 갖지 않은 몸을 전제로 둘 뿐이다. 이러한 측면에서 장애인은 비장애인 중심 세계의 '정상성'에서 배제되어 있다. 무성애자는 유성애자 중심 세계의

'정상성'과 무관하다. 어느 쪽이든 자신의 지향을 자신이 선택할 수 있어야 한다. 삶의 동반자를 선택하고 자신이 원하는 형태로 가족을 구성하는 것은 인간의 권리이다. 장애인 여성은 자주 임신중단, 혹은 불임시술을 권유받는다. 비장애인 여성은 같은 상황에서 주로 남성에게 부속된 형태로 임신을 유지하고 출산할 것을 강요당한다. 어느 쪽이든 여성은 연령이나 장애 유무와 관계없이 자주 남성의 성적 만족의 도구, 인간이 아니라 시스젠더 이성애자 남성의 남성성을 증명하는 수단, '먹이'로 여겨진다. 집합의 사회적 단위로서 시스젠더 이성애자 남성은 모든 수단을 동원해 끊임없이 비남성을 피해자로 삼아서라도, 자신의 이성애적 남성성을 계속해서 증명하는 데 모든 '정력'을 끌어모아 평생 집착하는 것처럼 보인다. 그것이야말로 무성애보다 더 병적인 상태인지도 모른다.

"재생산적 미래주의"에 반대하는 맥루어 혹은 에델만과 같은 이론가들은 장애이론과 퀴어이론이 맞닿은 지점에 대해 논의한다. 신체 정상성과 건강과 비장애에 대한 표준적인 기대에 관하여 창의적이고 다른 방식으로 생각함으로써 "다른 세계들과 미래들에 접근"하는 것을 상상할 수 있다고 그들은 주장한다. 어린이를 순수의 상징으로서 혹은 존재론

적 목적으로서 무조건 숭배하는 재생산적 미래주의를 벗어나 지속성, 안정성, 확정된 의미를 약속하지 않는 미래, 몸과 능력에 대해 집합적으로 더 폭넓은 자원과 대안적인 이해에 접근할 수 있는 미래가 그들이 말하는 "크립"(장애)적인 미래이다.•

우리는 선택지를 원한다. 안전하고 합법적이고 다양한, 더 많은 선택지를 원한다. 우리는 손 피켓을 들어올리며 그렇게 외치고, 깃발을 따라 행진한다. 무성애와 장애를 한데 뭉뚱그려 규정하는 행위는 성소수자와 장애인 양쪽에 대한 모욕이며 비장애인 유성애자의 편견과 무관심의 소산이다. 나는 행진하는 동지들을 바라보며 그런 생각을 한다. 물론 장애인이 자유로운 세상에서는 나도 덩달아 숟가락 얹어서 여러 가지로 자유로워질 수 있을 것이다. 그래서 나는 강과 함께 활동가들의 뒤를 천천히 얌전히 따라간다. 장애인권 활동가들 덕분에 보도에 턱이 없어졌고 장애인권 활동가들 덕분에 건물에 경사로가 생겼고 장애인권 활동가들 덕분에 지하철에 엘리베이터가 설치되었고 장

• Megan Obourn, "Octavia Butler's Disabled Futures," *Contemporary Literature*, 54(1), 2013, p. 109.

애인권 활동가들 덕분에 거리에 저상버스가 도입되었다. 비장애인들은 장애인을 제치고 언제나 먼저 엘리베이터를 타고 먼저 버스에 오르면서 아무도 장애인에게 감사하지 않는다. 장애인권 활동가들은 욕먹고 비난받고 얻어맞고 갇히고 벌금을 뒤집어쓰면서도 이동권, 교육권, 노동권 운동을 계속한다. 나는 빛나는 동료 인간들을 보며 경탄한다. 장애인권 활동가들은 세상에서 가장 강하고 가장 멋지다. 나는 마음속으로 혼자서만 그들을 동지로 여긴다. 언젠가 나도 그들의 동지로 여겨질 수 있는 날이 오기를 소망한다. 강은 스무디를 마시고 나는 커피를 마시고 음료수 잔을 반납한 뒤에 각자 헤어져서 집으로 간다. 손을 잡지도 않고 아쉬운 눈빛을 나누지도 않고 다음번에 만날 약속을 정하지도 않는다. 나와 강은 그런 사이가 아니다. 나와 강은 그런 지향성을 갖지 않은 사람들이다. 데모하러 가면 언제나 강이 있다. 나는 그 사실을 알고 있다. 강도 알고 있다. 데모하러 가면 언제나 내가 있을 것이다. 한여름의 맑고 쨍하고 인정사정없는 뙤약볕 아래 우리는 거리를 뒤흔드는 음악 소리를 따라 행진한다. 내 옆에는 강이 걷고 그 옆에는 어째서인지 푸른색 공룡 의상을 입은 사람이 춤을 추며 걷고 있다. 공룡 의상은 머리서부터 발끝까지 뒤집어쓰는 형태인데 솜인지 공기인지 모를 내용물로 통통하게 부풀어 있다. 공룡 안에서 춤추고 있을 사람을 위하여 나는 통통한 내용물이 부디 솜이 아니기를 바란다.

"엄청 덥겠다!"

강이 옆에서 걷는 공룡 사람을 보며 큰 소리로 말한다.

"그러게!"

내가 맞장구친다. 이번 퀴어문화축제에도 어김없이 동성애는 죄악임을 외치는 사람들이 길옆에 줄지어 서서 같은 말을 또 외치고 있다. 동성애가 죄악이라 외치는 사람들은 양성애나 무성애나 젠더퀴어나 논바이너리에 대해 알지 못한다. 알려 하지 않는다.

라벨은 필요한가? 동성애자, 게이, 이반, 레즈비언, 양성애자, 범성애자, 트랜스젠더, 젠더퀴어, 논바이너리, 젠더플루이드, 퀴어, 무성애자…… 무성애 스펙트럼 안에도 수많은 정체성이 있다. 연애적 끌림을 갖지 않는 에이로맨틱, 타인과의 성행위에 대한 욕망을 갖지 않는 에이섹슈얼, 깊은 감정적 유대감을 가져야만 성적 끌림 혹은 연애감정을 느끼는 데미섹슈얼/데미로맨틱, 반대로 잘 모르는 사람에게만 성적 끌림 혹은 연애감정을 느끼는 프레이섹슈얼/프레이로맨틱, 그리고 유성애와 무성애 사이에 있는 그레이섹슈얼/그레이로맨틱, 지향성이 변동하는 에이스플럭스 등등. 에이스플럭스는 무성애 스펙트럼 안에서 변동을 경험할 수도 있고 끌림 자체의 유무가 변동할 수도 있다. 무성애는 해탈한 돌덩이 같은 상태가 아니다. 무성애는 역동적이다.

 이런 라벨은 성소수자가 아닌 사람을 이해시키기 위해 존재하는 것이 아니다. 비성소수자는 자신이 세상의 표준인 데에 지나치게 익숙해져 있기 때문에 자신에게 적용되지 않는 정체성이 존재한다는 사실을 받아들이기 어려워한다. 자신에게 적용되지 않는 존재의 상태가 이 세상에 다양하고 다채롭게 펼쳐져 있다는 사실에 분노하기도 한다. 그렇게 자신이 더 이상 표준이 아니라는 사실에 분노한 사람들이 거리에 나와서 동성애는 죄라고 외친다. 그들의 숫자가 지나치게 많을 때 우리는 광장에 갇혀 행진하러 나아가지 못한다. 그들의 주장이 지나치게 강해서 축제의 광장을 빼앗기기도 한다. 시스젠더 이성애자 남녀의 결혼, 재생산을 위한 성교, 임신, 출산, 양육, 그리고 그 과정에서 일어나는 고정된 성역할 강화와 체계적 성차별, 제도적 억압을 그들은 신의 뜻이라 주장한다. 만약 정말로 신이 있다면 인간이 모든 색채를 가지고 모든 방향으로 향할 수 있는 존재로 만들어진 것이야말로 신의 뜻일 것이다. 죄악을 좋아하는 사람들은 이해하지 않는다. 나는 동성애자가 아니다. 나는 순환적이고 동시적인 시간선을 살아가는 프레이로맨틱 에이섹슈얼이다. 강은 "그레이나 플럭스 어디쯤"이라고 대답했다. '에이스플럭스'라는 용어가 왠지 주유소 상표 같다며 강은 웃었다. 비표준적이고 비직선적인 시간경험에 관한 한 나도 내가 경험하고 순환하는 여러 시간의 형태들을 크로노플럭스나 그레이크로노라고 설명해야 할지도 모른다. 라벨은 소수자가 자신을 스스로 이해하기 위해 존재한다. 게이와 레즈비언이 그러했듯, 트랜스젠더가 그러하듯, 무성애자 또한 스스로 인정할 수 있는 이름을 붙임으로써 어딘가 고장 난 존재가 아니고 감정적으로 폐색되었거나 비인간적이거나 성격이 거만하거나 차가운 사람이라는 의미가 아님을, 불쾌하거나 잘못된 존재가 아니며 그러므로 이성애적 표준의 '정상'을 강제로 적용하거나 나를 교정하여 그 표준에 맞는 존재로 바꿀 수 없음을 설명한다. 나는 그냥 그런 존재라고, 라벨이 말해준다.

지금 이 여름의 거리에는 동성애가 죄라고 외치는 사람들의 숫자보다 죄 많은 우리들의 규모가 압도적으로 훨씬 더 크다. 확성기를 손에 들고 고함치던 사람들은 거리 전체를 울리는 방송차의 음악 소리와 이어서 도시 전체를 뒤덮을 듯 춤추며 행진하는 다채로운 사람들의 반짝이는 물결을 보고 기가 질린다. 달콤하고 살짝 심술궂은 이 승리의 순간을 강은 나에게 눈짓하며 만끽한다. 공룡 사람은 신나게 춤추며 이미 한참 앞에서 행진하고 있다.

차별금지법 제정을 위해 두 번째 오체투지에 나섰을 때 나는 조계종 사회노동위원회 위원장님에게 강의 죽음에 대해 이야기한다. 강은 직업 활동가가 아니고 유명한 사람도 아니다. 강의 죽음은 나의 것으로만 남아 있다. 아무도 추모제를 열어주지 않는다. 내리막길에서 오체투지를 하려고 팔을 앞으로 뻗으면 몸 전체가 내리막을 따라 앞으로 쭉 밀려 내려간다. 내리막길 오체투지는 오르막길보다 두 배쯤 더 힘들고 다섯 배쯤 무섭다. 나는 왼쪽으로 고개를 돌린다. 아스팔트에 엎드린 내 왼쪽 옆구리 앞에 버티고 섰던 강의 남색 운동화를 본다. 은빛 범퍼와 커다란 타이어 앞에 강이 자신을 방어할 무기는 직접 만든 피켓뿐이다. 사회노동위원회 위원장님이 강의 이름을 밝히지 않고 '성소수자 동지'의 상실을 알린다. 오체투지 행진단은 중간 쉬는 시간에 강을 추모하기 위해 잠시 묵념한다.

  강은 직장을 옮기면서 다른 지역으로 이사한다. 같이 데모하기에는 강의 새로운 거주지가 좀 멀어져버린 것이 아쉽다. 그래도 내가 혼자 찾아가기에 그렇게 힘겨울 만큼 먼 곳은 아니다. 나는 강이 이사간 지역에 찾아가 볼까 고민한다. 강이 나를 어떻게 받아들일지 고민한다. 고민하는 사이에 두 달이 흐른다. 나는 강이 왠지 연락하지 않는다는 사실을 이상하게 여기지 않는다. 우리는 같이 데모하는 사이이기 때문이다. 서로 연락처를 가지고 있고 실없는 잡담도 수시로 한다. 그러다 한쪽이 바쁘면 연락이 뜸해지기도 하고 중요한 데모를 앞두고 다시 연락이 잦아지기도 한다. 강의 번호로 메시지가 왔을 때 나는 일하고 있다. 강의 이름이 화면에 떠오른 것을 보고 퇴근하고 나서 전화해야겠다고 나는 생각한다. 퇴근이 늦어지고 일에 지친 나는 강에게 전화하는 것을 잊어버린다. 집에 도착하고 나서도 한참이 지난 뒤에야 나는 메시지를 열어본다. 강의 부고를 나는 믿을 수 없어 멍하니 휴대전화를 들여다보며 몇 번이고 다시 읽는다. 장례식장에서 나는 강을 찾아갔어야 했다고, 두 달의 시간이 있었을 때 강을 찾아갔어야 했다고 몇 번이고 생각한다. 몇 번이고 후회한다.

"내가 혹시 먼저 죽으면 내 장례 치러줄 수 있어?"

여성대회에서 나는 강에게 묻는다. 내가 자살사고를 가졌기 때문이 아니라는 사실을 강에게 굳이 설명할 필요는 없다. 강은 이미 질문의 맥락을 이해한다. 나는 보라색으로 'FEMINIST'라는 글자가 크게 적힌 검은 티셔츠를 두 장 사온다. 강에게 한 장 준다. 강은 기뻐하며 티셔츠를 옷 위에 껴입는다. 가족구성권을 설명하고 생활동반자법을 지지하는 부스 앞에서 우리는 반으로 나뉜 하얀 도화지에 색색의 스티커를 붙인다. 한국 민법은 재산과 의료에 관련된 중요한 결정을 내릴 수 있는 사람을 혈연 혹은 혼인을 통해 가족이 된 사람에만 한정한다.

민법

제779조(가족의 범위)

① 다음의 자는 가족으로 한다.

1. 배우자, 직계혈족 및 형제자매
2. 직계혈족의 배우자, 배우자의 직계혈족 및 배우자의 형제자매

② 제1항 제2호의 경우에는 생계를 같이 하는 경우에 한한다.

여기서 배우자는 이성의 배우자만을 의미한다. 제779조 제1항 '배우자, 직계혈족 및 형제자매'라는 순서에 큰 의미가 있는 것이 아님에도 한국의 법원과 병원은 배우자→직계혈족(부모와 자식)→형제자매라는 가족관계의 중요도 순서를 철저히 지킨다고 여성대회 부스의 활동가가 설명한다. 이성 배우자를 갖지 않은 사람, 이성 배우자를 가지려 하지 않는 사람, 그리고 직계혈족도 없는 사람이 죽으면 무연고자가 된다. 대한민국 민법에서 친구, 동료, 이웃, 동지는 존재하지 않는다. 친구, 이웃, 동료, 동지가 장례를 치러줄 수 없는 이유는 재산의 처분과 부의금의 모금 및 사용 때문일 것이다. 가족 안에서 돈 문제로 싸움이 나면

'집안 문제'로 취급하여 장례업체도 사법부도 손 떼고 방임할 수 있는 것이다. 혈연관계도 혼인관계도 없는 타인의 경우는 그렇지 않다. 법이 개입해야 한다. 골치 아픈 것이다. 친구와 동료가 있고 인간관계를 맺고 넓고 깊고 풍성하게 인간의 삶을 살아온 존재를 무연고자로 만드는 쪽이 법과 행정의 관점에서 처리하기에 쉽고 편한 것이다. 동성에게 성적인 끌림을 느끼는 유성애자는 동성혼 법제화를 통해 배우자를 가짐으로써 민법이 규정하는 '정상'의 방향에 다가갈 수 있다. 성애와 출산을 목적으로 하는 혼인관계 자체를 욕망하지 않는 자는 다시 한번 정상성을 향한 방향에서 배제된다. 내가 병들거나 부상당해 입원하면 나에게는 보호자가 없을 것이다. 내가 사망하면 나의 장례식에는 상주가 없을 것이다. 나는 혼란한 시간선 속에 동시적으로 존재한다. 나에게는 혈족이 없으며 나는 배우자를 욕망하지 않는다.

"너도 없는데, 네 장례까지 나 혼자 감당하라고?"

강이 어처구니없다는 듯 되묻는다. 강이 동의했더라도 내 장례를 치러줄 수 없었을 것이다. 대한민국 민법상 강은 나와 전혀 상관없는 타인이다. 내가 중얼거린다.

"장례는 안 치러주더라도 누가 하드 드라이브는 지워줘야 될 거 아냐."

강이 웃는다. 강은 나의 장례를 치러주지 못한다. 나도 강의 장례를 치러주지 못한다. 강은 비정규직 웹 개발자이다. 정규직은 창문 있는 사무실을 주고 비정규직은 전부 창문 없는 방에 몰아넣는다고 강은 불평했다. 강의 직종에 종사하는 사람들은 바쁜 시기에 잠을 제대로 잘 수 없고 식사를 제대로 할 수 없는 것을 여전히 정상으로 여긴다. 그래서 나와 강은 함께 여성노동자 대회에 행진하러 간다. 여성이주노동자가 무대에 올라 발언하고 있을 때 강이 갑자기 몸이 안 좋아졌다며 집에 가야겠다고 말한다. 강이 집회 도중에 집에 가버린 것은 그때가 처음이자 마지막이다. 나는 그때 강과 함께 가지 않는다. 집에 가기 전에 강은 직접 만든 피켓을 나에게 맡긴다. 나는 강에게 다음 집회 때 피켓을 돌려주겠다고 약속한다. 강의 어머니는 강이 스스로 구급차를 불렀다고 장례식장에서 나에게 말했다. 구급차가 도착했을 때 강은 숨을 쉬지 않았다. 병원에 도착했을 때 강은 사망했다. 바닥에 쓰러지면서 책상 모서리에 부딪힌 상처가 이마에 있었다고 강의 어머니는 몇 번이나 말했다. 방 밖으로 나가려 했던 것 같다고, 강의 어머니는 나에게 이야기하며 울었다. 지치고 탈진하여 죽어가는 몸을 이끌고 강은 삶을 향해 나아가려 마지막 순간까지 몸부림쳤다.

무언가를 지향한다는 것, 즉 방향을 가진다는 것은 공간을 점유하는 일이며 그뿐만 아니라 과거와 현재, 그리고 미래를 인식하는 일이다. 즉, 지향성(orientation)은 시공간적 위치와 긴밀한 관계에 있는 개념이다. 이는 마치 우리가 길을 걸어갈 때 지나온 길과 현재의 위치 그리고 걸어갈 길을 인지하는 것과 같다.•

데모하러 가면 그곳에 항상 강이 있다. 나와 강은 같이 행진하는 사이다. 나와 강은 서로 아무것도 설명할 필요가 없다. 우리는 같은 색깔을 가진 사람들이다. 나는 강이 지향했던 세상을 지향한다. 그것은 '지속성, 안정성, 확정된 의미를 약속하지 않는,' 혹은 약속할 필요가 없는 미래이다. 아무런 약속이 없어도 강이 세상에 존재했던 시간은 의미를 가진다. 나는 그 사실을 확실히 알고 있다. 강이 나와 함께 있는 시간은 지속하지 않고 미래가 없으며 그 자체로 의미가 있다. 궁극적으로 아무런 의미도 약속도 가질 수 없는 모든 존재가 존재 자체로 존엄할 수 있기를 나는 원한다. 그것이 강이 원한 세계이다. 그래서 나는 강의 시간 안에 맴돌고 언제나 강을 향해 돌아간다. 투쟁하러 간 곳에 언제나 강이 있다. 나의 시간은 강을 중심으로 순환한다.

• 조윤희, 같은 곳, 134쪽.

강을 만나기 이전의 시간이 있고, 강을 만나 함께한 시간이 있다. 그 외에는 없다.

작가 노트

 내가 좋아하는 러시아 작가 안드레이 플라토노프 소설에서 인간은 자신이 살아온 시간의 집합체라는 의미의 문장을 본 적이 있다. 플라토노프는 사람이 시간을 몸속에 담아 가지고 다니는 것처럼 묘사했다. 그 후에 훨씬 이후 세대인 다른 러시아 작가의 작품에서도 비슷한 구절을 본 적이 있다. 그러므로 사람이 시간 속에 살아가는 것이 아니라, 시간이 사람 안에 담겨 존재한다는 관점에 최소한 한 명 이상 공감한 듯하다.

 사실 시간이 뭔지 나는 잘 모르겠다. 우리는 지구에서 태어나 살아가고 있기 때문에 지구가 태양 주위를 공전하고 스스로 자전하는 주기를 기준으로 삶과 경험과 관계를 측정한다. 지구 바깥의 어떤 다른 기준을 체득한 존재가 지구에 온다면 지구의 시간은 완전히 다르게 느껴질 것이다. 지구의 중력에 익숙해 있던 우주비행사가 달에 가면 몸이 가벼워졌다고 느끼는 것과 비슷하지 않을까. 지구가 아닌 다른 곳의 시간을 다른 방식으로 경험해 본 적이 없으니 나는 그저 상상만 할 수 있을 뿐이다.

삶의 경험은 어쨌든 사람마다 모두 다르다. 플라토노프의 표현을 응용하자면 살아온 시간을 몸 안에 간직하는 방식이 사람마다 다르다고 할 수도 있을 것이다. 그러므로 존재의 방식은 사람마다 근본적으로 다를 수밖에 없다. 다양성은 인류라는 생물종의 근본적인 특징이다. 나는 그런 이야기를 하고 싶었다.

그리고 강이 보고 싶다는 얘기를 하고 싶었다. 정말로 강이 있었던 시간 속으로 다시 걸어 들어갈 수 있으면 좋겠다. 차별금지법 제정 집회에 갈 때마다, 무지개 깃발을 들고 행진할 때마다 나는 강을 생각한다. 현실의 시간을 살았던 강은 아름다운 글을 쓰는 사람이었고 SNS 친구였으며 오랜 시위 동지였다. 강은 고양이 두 마리와 함께 살았고 아기 고양이를 구조해서 셋째로 삼아 기뻐하며 귀여운 사진들을 자주 보내주었다. 강이 보고 싶다.

정보라

소설집 《저주토끼》, 《아무도 모를 것이다》, 《여자들의 왕》, 장편소설 《고통에 관하여》, 《붉은 칼》, 《문이 열렸다》, 《죽은 자의 꿈》 등이 있다.

사랑의 방학

H와 나는 한 달 후에 다시 만나기로 했다.

그날 우리의 미래를 결정하기로.

*

집으로 돌아오는 열차 안에서 나는 충동적으로 B 게시판에 접속했다. 실로 오랜만이라 새롭게 회원 가입을 해야 했는데, 절차는 예전보다 훨씬 까다롭게 바뀌어 있었다. 누구도 나를 연상할 수 없을 만한 단어의 조합으로 아이디를 만든 뒤 간략한 소개와 함께 지금 바로 만날 사람을 찾는다는 게시물을 올렸다. 3분도 지나지 않아 오픈 채팅방으로 메시지가 도착했다.

— 안녕하세요.

— 네, 안녕하세요.

— 어디세요.

— 지금 지하철 타고 종로 지나고 있습니다. 이동 가능해요.

— 동대문입니다. 장소 있고요. 혹시 사진 교환하시나요.

— 먼저 주실 수 있을까요.

— 죄송해요. 주시면 매너 하겠습니다.

— (사진)

— (사진)

— 어떠세요.

— 여기로 오시면 됩니다. (주소 링크)

— 네, 갈게요.

— 얼마나 걸릴까요.

— 지도 앱으로 보니 30분 정도네요.

— 크기가?

— 재보지는 않았어요. 큰 편입니다.

— 좋네요. 저도 커요.

— 네.

— 오늘 좀 야하게 하고 싶은데요.

— 네.

―혹시 골든 가능한가요?

―아, 아니요.

―그렇군요. 씻지 말고 오세요. 땀 냄새 좋아하거든요.

―네.

―너는 어떤 거 좋아해?

―다 좋아해.

―잘해?

―그럭저럭.

―빨리 와. 홀딱 벗겨서 개처럼 박아줄게.

나는 그쯤에서 휴대전화를 무릎 위에 내려놓았다. 이런 식의 대화가 너무 오랜만이라 뭐라고 대답해야 좋을지 가늠이 되지 않았다. 머릿속이 어질했다. 그래서 30초인가 1분 정도를 멀거니 앉아 지도 앱상에서 천천히 움직이는 파란색 동그라미만 바라보았다. 그게 내 신세 같았다. 강물 위를 둥둥 떠다니는 부목처럼 제 의지와 상관없이 어디론가 표류하는……. 이윽고 경쾌한 음악 소리와 함께 지하철 안내 방송이 흘러나왔다. 고개를 들어보니 다음 역이 동대문역사문화공원역이었다. 역 이름이 참 길다, 무슨 생각으로 이렇게 지었을까, 배려심도 없게시리, 그치? 문득 H와 그런 대화를 나누었던 기억이 떠올랐고, 그래, 나는 다음 역에서 내리기로 마음을 먹었다. 그런데 하차하기 직전에 휴대전화를 보니 상대방은 내 잠깐의 침묵을 완곡한 거절로 이해했는지 아니면 맞장구가 시원찮아 흥이 깨졌는지 아니면 그사이 다른 파트너를 구했는지 아니면 애초에 나랑 할 생각조차 없었으면서 장난을 친 건지 뭔지 알 수 없게 채팅방을 나가버린 뒤였다.

*

마지막으로 H를 꼭 끌어안은 채 잘 지내라고, 한 달 후에 보자고, 그동안 건강하라고 인사할 때만 해도 나는 내가 이 지경으로 무너져 내릴 줄 몰랐다. 손을 흔든 뒤 돌아서서 광화문역으로 향하는 동안만 해도 뭐, 그래, 서로 시간을 가져보는 것도 나쁘지 않겠지, 1400일 넘게 무탈히 만났으니 한 달 정도는 휴지기를 가져봐도 좋겠지, 방학, 사랑의 방학이라고 하자, 러브 베케이션, 그리고 너도 나의 빈자리를 느껴봐야 소중함을 깨닫게 되겠지, 그래야 진정한 사랑에 눈뜨겠지, 라고 멋대로 낙관했으니까. 대로변에서 불어오는 밤바람에 셔츠 자락이 부드럽게 휘날리는 걸 느끼면서 묘하게 후련한 듯 조금은 설레기까지 했으니까.

그렇지만 번개에 실패하고 집에 돌아와 방문을 닫아걸었을 때, 의자에 가방을 내려두고서 왠지 생경하게 느껴지는 실내의 적막과 맞닥뜨렸을 때, 나는 사실상 H와 헤어진 건지도 모르겠다는 자각에 소스라쳤다. 이미 끝장났는데, 파국에 이르렀는데 최후의 마침표를 찍지 않으려고 '한 달 후'라는 말로 얼렁뚱땅 그 자리를 도망쳐 나온 건지도 모르겠다고. 그런 생각에 나는 맥이 탁 풀려 옷도 갈아입지 못한 채 바닥에 주저앉고 말았다. 어, 어, 하면서 무언가 엄습해 오는 듯한 열감에 휩싸였다. 종내 참지 못하고 두 손으로 얼굴을 감싼 채 눈물을 터뜨렸다. 이렇게 우는 게 얼마 만인가 싶을 정도로 목놓아 오열했다. 나는 걷잡을 수 없이 흘러내리는 눈물과 콧물을 옷소매로 몇 번이나 닦아 냈고, 하마터면 침까지 바닥에 흘릴 뻔했다. 그러면서 탄식하듯 혼잣말로 중얼거렸다. 왜 이러는 거야, 진짜. 원망 어린 시선으로 허공의 한복판을 응시하기도 했다. 대체 나한테 왜.

*

처음에는 그날 데이트 중 H가 했던 말과 행동 속에서 어떤 힌트라도 찾아보려 했다. 이를테면 H가 어머니의 생신을 맞아 얼마 전 본가에 내려갔다가 막내 이모와 이모부가 이틀 내내 사사건건 다투는 모습을 목격했다고 이야기한 것. 어쩌겠어, 결혼했어도 안 맞으면 갈라서야지, 우리 부모님도 그래서 이혼했는걸, 같은 말을 어째서인지 평소와 달리 냉담한 어조로 했던 것. 카페에서 에어컨 바람에 내가 어깨를 움츠린 채 오들오들 떨기 시작하자 어떻게 할까? 자리를 옮길래? 아니면 직원한테 에어컨을 꺼달라고 할까? 그냥 나갈래? 무슨 결정을 좀 내려봐, 가만있지만 말고, 응? 하고 물었던 것. 카페를 나와 올리브영에 잠깐 들렀을 때에는 H가 늘 쓰던 세럼을 만지작거리고 있어서 사, 50퍼센트나 세일하잖아, 어차피 너 그거 계속 쓸 거잖아, 라고 부추겼더니 글쎄, 잘 모르겠어, 아무리 나랑 맞는 제품이어도 오래 쓰니까 이제는 좋은지도 잘 모르겠어, 하며 내려놓았던 것. 청계천 근처를 함께 지날 때에는 천변에 복작복작 모여 앉은 커플들을 내려다보면서 다들 참 해맑다, 해맑아, 그치? 뭐가 저렇게들 좋을까, 하며 부루퉁하게 굴었던 것. 나는 그런 식으로 H가 갑자기 이별 선언을 꺼내놓기까지의 과정을 하나하나 되짚어보며 일말의 조짐이나 기미가 있었는지를 헤아리고 또 헤아렸다. 그 외에는 내가 할 수 있는 게 아무것도 없는 듯했고, 그러니 하지 않으려 해도 자꾸만 시간을 되짚어 지난 일들을 복기하게 됐다. 그러다가 몇 주 전 북한의 우주발사체 발사에 따른 서울시의 경계경보 오발령 사태까지 떠올렸다.

그날 아침 나는 사이렌 소리에 잠에서 깨어났고 연이어 도착한 위급재난문자를 읽으면서도 그렇게까지 당황하지는 않은 채 거실로 나갔다. 어리둥절해하는 엄마와 함께 소파에 나란히 앉아서 텔레비전으로 긴급속보뉴스를 시청했다. 이번에는 정말로 쏜 건가, 쏜 거야? 김정은 이 미친놈, 진짜 전쟁이야? 같은 대화를 나누면서도 크게 평상심을 잃는다거나 절망감에 사로잡히지는 않았다. 동태를 살피려 창밖을 내다보자 가파른 언덕길 아래로 교복 차림의 여자애들이 씩씩하게 등교하는 모습이 눈에 들어왔다. 초여름의 아침 공기는 맑고 시원하게 느껴졌고, 아무도 집 밖으로 뛰쳐나와 소리를 지른다거나 도움을 요청한다거나 대피소로 향하는 것 같지는 않아 보였다. 그래서 엄마와 나는 일단 씻고 아침부터 차려 먹기로 했다. 설령 피난을 가야 한들 뭐라도 먹고 가는 편이 낫지 않겠느냐면서 텔레비전의 볼륨을 한껏 올려둔 채 평소처럼 식사하고 옷을 갈아입었다. 얼결에 출근 준비를 마친 뒤 오발령이라는 사실을 알게 되었을 때에는 그럼 그렇지, 하면서 안도감보다 미지근한 아쉬움을 먼저 느꼈다. 솔직히 나는 그즈음 나라가 한바탕 뒤집어지기를 바라고 있었으니까. 미사일이든 폭동이든 뭐든 구체적이고 돌이킬 수 없는 사태가 발발하여 현 정부를 한순간에 개혁할 수 있기를 염원하고 있었으니까. 하지만 사태가 오발령으로 밝혀지면서 모든 것은 빠르게 원점으로 돌아가는 듯했고, 아니 원점에서 한 치도 벗어난 적 없는 듯했고, 나는 그럼 그렇지 하면서 덤덤한 기분으로 현관문을 열고 나섰다. 회사에 도착해 동료들을 만났을 때에는 세상에, 전쟁이 터질지도 모르는 상황이었는데 아무도 지각을 안 한 거예요? 다들 얌전히 출근한 거예요? 정말 대단하다, 대단해, 같은 농담이나 주고받으며 웃었지.

그런데 H는 이 사태를 사뭇 다른 양상으로 겪은 듯했다.

그날 아침 H는 사이렌 소리와 위급재난문자에 퍼뜩 놀라서 깨어났고 정신없이 침대에서 빠져나오려다가 바닥에 팔꿈치와 무릎을 찧으며 넘어졌다. 급히 바지를 꿰어 입으려다가 벨트 버클에 허벅지를 긁혔고 책장에 새끼발가락을 세게 부딪쳤다. 배낭에 라면이며 옷이며 손에 잡히는 대로 물건들을 챙겨 넣다가는 왈칵 눈물을 터뜨렸다.

울었다고?

몰라, 갑자기 눈물이 나오더라고.

그리고 나갈 채비를 마쳤을 즈음에야 오발령이라는 사실을 알게 되었다. H는 현관 앞에 우두커니 선 채 허탈함과 분노를 삭여야 했는데, 그날의 정황과 기분을 거기까지만 나한테 이야기해 주었다. 그런데 이제 와 생각해 보니 그날 이후에 대해서, 정확히는 오발령 사태 이후에 H가 느꼈을 감정과 내면의 소요에 대해서 좀 더 물어봤어야 했다는 생각이 들었다. 허탈함과 분노가 뜨겁게 치솟았다가 풀썩 가라앉은 자리에, 그 황폐해진 터에 하나둘 날아온 각성의 씨앗이랄지 개안의 징조들이 H에게 어떤 추동을 일으켰으리란 예감 탓이었다. 그러지 않고서야 아무런 문제가 없었던 우리 사이에 이토록 밑도 끝도 없는 이별 선언을 꺼내놓을 수 있나?

형, 언제 말해야 좋을지 모르겠어서 망설였는데, 아무래도 더는 안 될 것 같아. 우리가 처음 만났을 때에도 말했었잖아. 나는 형이랑 좀 다른 사람인 것 같다고. 그때는 형이 나를 붙잡고 오래 설득했지. 나도 어느 정도는 동의할 수 있었고…… 그래서 지금까지 꾹 누르며 지내올 수 있었던 것 같아. 하지만 더는, 이제는 정말 힘들어. 나는 형을 진심으로 사랑하지만, 지금처럼 서로를 독점하듯 연애하는 관계는 그만하고 싶어. 이렇게 말하면 이기적으로 들릴 수 있다는 거 알아. 하지만 나는 다른 사람들과도 자유롭게 만남을 가지면서, 내 마음이, 사랑이 어디까지 나아가고 변화할 수 있는지 알아보고 싶어. 수많은 가능성 속에 나를 던져보고 싶어. 그러기 위해서는 좋아하는 사람들과 충분히 가까우면서 적당히 느슨하게 지낼 수 있었으면 해. 형은 형이고 나는 나인 상태를 유지하면서, 그렇게 서로를 제한하거나 구속하는 일 없이 사랑하며 살아보고 싶어.

그때 나는 가슴 안쪽이 차가워지는 걸 느끼면서 지금 네가 하는 말이 정확히 무슨 뜻인지 아느냐고 물었다. H는 알고 있다고, 형이 당혹했으리란 것도 알고, 끝내 받아들이지 않을 여지가 크다는 것도 안다고, 그래서 이런 말은 좀 그렇지만, 자신은 헤어질 각오까지 하고 있다고 말했다.

헤어질 각오, 라는 표현에서 나는 당황하여 헛웃음을 지었고 한동안 어쩔 줄 몰라 하다가 아니 그러니까 너는 지금 나 말고 다른 사람들이랑 섹스하고 싶다는 거야? 나로는 성이 안 찬다는 거야? 알아, 우리가 만난 지 오래됐고, 예전처럼 막 뜨겁지 않다는 것도, 하지만 이건 정말…… 결국 네가 나한테 원하는 게 오픈릴레이션십이야? 하고 물었다.

그 말에 너는 고개를 살짝 숙이며 비슷하지만 꼭 그런 건 아니라고, 나도 내가 무엇을 원하는지 정확히 모르겠다고, 하지만 섹스나 마음대로 하자고 이러는 건 아니라고, 자신은 그저 관계의 모든 가능성을 열어둔 채 살아보고 싶고, 그렇게 했을 때 무엇이 어떻게 달라지는지 알아보고 싶을 뿐이라 답했다. 그게 대체 무슨 소리야, 라는 내 한탄에는 좀 더 설명을 덧붙이고 싶지만 끝내 이해받지 못한 대도 별수 없겠지, 감내해야겠지, 하는 듯한 얼굴로 테이블의 한구석만 내려다보았다. 울화가 치밀어 답답해하는 나와는 달리 지나칠 정도로 차분한 태도를 유지했다. 그 모습이 나 모르게 다른 누군가와 붙어먹다가 얼토당토 않은 핑계를 대며 헤어지려는 사람처럼 보이지는 않았고, 정말로 오래 고민한 끝에 용기 낸 사람 특유의 결기 같다는 인상을 주었기에 나는 할 말을 잃었다. 더구나 그 잔잔하면서도 완고한 기세는 내가 누구보다 잘 아는, 그래서 사랑에 빠질 수밖에 없었던 H의 일면이 맞았기에 속절없이 암담해졌다.

별수 없이 나는 아, 알았어, 일단 알겠는데, 하면서 점차 검회색으로 물들어가는 바깥 풍경만 내다보았다. 뜨거워진 이마를 짚은 채 얘가 또 이러는구나, 이제 어쩌지, 예전처럼 다그치고 달래본들 소용없을 것 같은 분위기인데, 헤어질 각오까지 했다는데, 뭘 어떻게 수습해, 하며 고심하다가 이러면 어떨까, 하고 애써 침착한 어조로 말을 꺼냈다. 당분간, 그러니까 한 달 정도 네가 원하는 대로 살아보는 거야. 나도 그럴게. 누구를 만나 뭘 하든 노터치인 상태로…… 그동안에는 서로 연락도 하지 말자. 어때? 우선 그렇게 지내보고, 한 달 후에 헤어질지 말지 결정을 내리는 거야. 응?

*

그렇게 한 달의 방학을 제안하고 이튿날 새벽 4시 즈음 눈을 뜬 나는 6시 반으로 맞춰둔 알람 소리가 들려올 때까지 천장만 올려다보았다. 창틈으로 새어 든 푸르스름한 서광이 천장에 너르게 비쳐 아주 천천히 색감을 잃으며 투명해지다가 환해지고 연한 노란빛으로 물들어가는 과정을 지켜보기만 했다. 엄마와 식탁에 앉아 아침을 먹고 출근 준비를 하는 동안에는 별안간 울음이 터져 나오지 않도록 숨을 크게 들이쉬고 내쉬길 반복했다. 아들, 무슨 일 있어? 무슨 일은. 그런데 얼굴이 왜 그래? 얼굴이 왜 그러기는. 지하철을 타고 회사로 향하는 길에는 기어이 먼저 약속을 깨고 H에게 메시지를 보냈다.

―사랑해.

몇 번이나 쓰고 지우기를 되풀이하다가 간신히 세 글자만 전송했다. 영겁 같은 17분이 흐른 후 H의 다정한 답장이 도착했다.

―나도 사랑해. 월요일 힘내.

그때 나는 H의 메시지가 홀연히 사라져 버릴 것만 같은 기분에 화면이 어두워질라치면 터치하고 또 터치하며 채팅창을 계속 들여다보았다. 사랑해. 나도 사랑해. 우리가 주고받은 문장들을 읽고 또 읽었다. 그러면서 내가 H에게 보낸 '사랑해'에는 돌아와, 이제 그만해, 나한테 이러지 마, 우리가 이런 식으로 헤어질 수는 없어, 나쁜 놈아, 제발 마음을 돌려먹어, 꼭 이렇게까지 해야겠어, 같은 의미들이 복잡하게 얽혀 있지만 H가 내게 보낸 '사랑해'에는 말 그대로 사랑한다는 의미만 담겨 있음을 알았다. 그것이 H가 바라는 우리의 관계라는 것도.

*

나는 한동안 우리가 외파될지도 모른다는 두려움 속에서 지냈다. 우리를 에워싼 세계로부터, 질서로부터, 몰이해로부터, 적대와 간섭으로부터 예상치 못한 급습을 당해 서로를 끌어안은 채 산산이 부서져 내릴지도 모른다는 불안 속에서 지냈다.

그러나 아니었지.

영원하리라 믿었던 모든 것의 종말이 그러하듯 우리는 내파되었다. 아무도 우리를 괴롭히지 않았고 적극적으로 끼어들거나 훼방 놓지 않았는데 우리는 저절로 갈라지며 깨어져버렸다. 아니, 원래부터 쪼개져 있었다. 두 사람이 사랑한다는 것은 결코 끼워 맞춰지지 않는 퍼즐 조각들끼리 안간힘을 다해 포옹하는 일인지도 모르겠다. 네 개의 손이 서로를 필사적으로 붙들어야만 가까스로 유지되는 포옹. 한 사람만 슬그머니 손을 놓아버려도 그 즉시 박살 나는 포옹.

이렇게 될 줄 몰랐나.

돌이켜보면 나는 H를 처음 만났을 무렵만 해도, 정식으로 사권 지 1년이 채 되지 않았을 즈음만 해도 우리가 언젠든 헤어질 수 있으리라 여겼다. 어느 날 갑자기 이 사랑이 끝난다 해도 놀라울 건 없다고. 그것은 해가 떠오르면 달이 저물고 탄생하면 언젠가는 사멸하듯 너무나 당연한 이치라고.

하지만 나는 어느 시점부터 그 당연함을 잊고 지냈다. H 없는 현재를, 미래를 상상할 수 없게 되면서였다.

헤어질 각오니 뭐니를 듣기 전까지만 해도 나는 우리가 영원히 함께할 수 있으리라 믿었다. 우리는 서로만을 사랑하며 살아가리라 자부했다. H 역시 나와 같은 마음이리라 여겼다. 우리가 하나라는 사실에 추호의 의심도 품지 않았다.

한심해.

전부 착각이었다.

*

착각의 수렁에 빠져 있는 동안 나는 인스타그램에 이런 글이나 올리곤 했다.

―올해도 남자친구와 함께 맞이한 크리스마스. 우리가 여전히 함께라는 사실에 감사했던 하루!

―2주년을 기념하기 위해 강릉에 다녀왔고 오랜만의 물놀이

가 너무나도 즐거웠다. 앞으로도 해변의 물빛처럼 반짝반짝하게 살아가자. 사랑해 ♡

─코로나가 끝나서 드디어 남자친구랑 처음으로 해외여행(일본)을 다녀왔다. 이번에는 여행지를 떠나 귀국을 준비하는 아침에 은은한 쓸쓸함이랄지 허망함 같은 걸 거의 느끼지 않았는데, 이게 나이가 들어서인지 든든한 동행이 있어 평상심이 유지된 것인지 잘 모르겠다. 어쨌거나 안정적으로 즐거운 여행이었고 다음 행선지는 방콕 아니면 캐나다가 될 듯.

─어쩌다 보니 올해도 4월 첫 주말에 남자친구와 함께 용산가족공원을 찾았다. 어느덧 세 번째 방문이라는 말을 듣고서야 알게 되었고, 그러자 네 번째도 다섯 번째도 같이 오면 좋고 아니어도 뭐, 한 해 걸렀다가 다시 오면 되겠지 싶은 기분이 들었다. 이제는 우리가 이곳에 또 올 수 있을까, 언제까지 함께할 수 있을까 같은 의문이나 불안감은 들지 않았고, 나는 이것이 오만인지 행복인지 구분이 되지 않았으나 원래 둘은 하나인가 보다 생각하기로 했다.

*

그래, 행복과 오만은 본디 하나인 것 같다. 사랑과 착각이 하나인 것처럼. 영원과 순간도 하나일 것이다. 우리는 하나였던 적이 없고 말이다.

*

사랑해, 라고 메시지를 보냈던 날 나는 퇴근하고 집에 돌아오자마자 울기 시작했다. 옷을 갈아입으면서도 울고, 밥을 먹다가도 울고, 샤워를 마친 뒤 얼굴에 로션을 바르면서도 울었다. 전날처럼 바닥에 주저앉아 숨넘어가게 오열한 것은 아니고 평소처럼 할 일을 하면서도 끅끅 흐느끼며 쉬지 않고 눈물을 흘렸다. 베갯잇과 이불을 세탁기에 돌리고 나서 시계를 보니 귀가하고 한 시간 넘게 울었다는 걸 알 수 있었다.
─통화를 좀 할 수 있을까.
겨우 마음을 가라앉힌 뒤에는 H에게 또 메시지를 보냈다. 이번에는 5분도 지나지 않아 답장이 도착했다.
─응, 통화하자.
나는 엄마가 언제 돌아올지 몰라서 빌라 옥상으로 올라가 H에게 전화를 걸었다. 짐짓 아무 일도 없었다는 듯 태연하게 안부를 묻다가 오늘 회사에서 있었던 일을 주절주절 늘어놓다가 얼마간 침묵이 흘렀을 때 목멘 소리로 아무래도 한 달은 안 되겠다고, 내가 못 버티겠다고, 벌받는 기분이라고 토로했다. 그러자 H는 안타까워하는 음성으로 미안하다고, 나를 너무 힘들게 만든 것 같다고, 자신도 마음이 편치 않았다고 말했다.

아침에 내가 사랑해, 라고 메시지 보냈을 때 어떤 기분이었어?

형이 참 많이 힘들구나. 남은 힘을 쥐어짜서 나한테 메시지를 보냈구나 싶었지.

그게 느껴졌어?

그럼, 우리가 함께한 세월이 얼만데.

하지만 H는 나 때문에 슬퍼서 눈물을 흘렸다거나 나를 위해 마음을 바꾸겠다는 말 같은 건 하지 않았다. 그래서 나는 바보 같은 질문인 건 알지만, 네가 했던 이야기를 못 믿는 건 아니지만, 마지막으로 이거 하나만 정말 솔직하게 대답해줄 수 있느냐고 물었다. 혹시 나랑 그냥 헤어지고 싶은 건 아니냐고. 누가 생긴 것도 아닌데 헤어질 각오까지 운운하는 걸 보면 내게 더 이상 아무런 마음도 남아 있지 않아서 이러는 것 아니냐고 말이다. 그러자 H는 한 치의 망설임도 없이 나를 여전히 사랑한다고 말했다. 처음 만났을 때와 똑같이, 지금도 많이 사랑한다고. 나를 향한 마음은 조금도 달라지지 않았으며 앞으로도 달라지지 않을 거라고.

사랑의 방학

그러니까 네 말은…… 나는 울먹이며 재차 물었다. 너는 나를 진심으로 사랑하는데, 내가 다른 사람들을 만나서 사랑하고, 막 그런, 섹스를 해도 괜찮다는 거야?

H는 이번에도 머뭇거리는 기색 없이 그렇다고 답했다. 나는 형이 다른 사람들과 사랑하고 섹스해도 괜찮아.

그 말까지 듣고 나니 더 이상 H를 설득한다거나 마음을 돌릴 때까지 기다리는 일 같은 건 하나 마나 한 짓이라는 판단이 들었다. 견고한 벽을 앞에 둔 기분이었고 이제 내가 선택할 수 있는 길은 두 가지뿐인 듯했다. 헤어지거나 받아들이거나. 그래, 처음부터 결정은 내 몫이었다. 생각해 보자. 나는 다른 사람과 사랑하는 H를 계속 사랑할 수 있는가? 글쎄…… 사랑할 수 있을지 어떨지는 모르겠으나 그 상황이 나에게 크나큰 상처가 되리라는 것은 불 보듯 뻔했다. 그렇다면 나는 지금 H와 헤어져야 하는가? 글쎄…… 그 역시 나에게 감당하기 어려운 상처가 되리라는 것은 자명했다. 고작 하루에 불과했으나 이미 나는 이별을 선경험한 상태나 마찬가지였으니까. 그렇다면 조금 다르게 생각해 보자. 어쩌면 나는 H가 다른 사람을 사랑한다 해도 상처받지 않을지 모른다. 아니, 상처는 받더라도 그것과 내 사랑을 저울질하지 않으며 H를 사랑할 수 있을지 모른다. 아니, 상처도 받고 사랑도 저울질하며 괴로워 미치고 팔짝 뛰겠지만 그것에 나름 적응해 가며 나도 다른 사람을 사랑하는 동시에 H를 사랑할 수 있을지 모른다. 그렇게 H와 H의 새로운 남자친구와 나와 나의 새로운 남자친구가 모두 서로를 사랑하며 행복하게 지낼 수 있을지 모른다. 미친 생각인가? 얼핏 생각하면 그건 정말이지 미친 것 같고 아주 불가능한 일인 것처럼 느껴지지만 생각해 볼수록 그렇게까지 미쳤다거나 사람이 절대로 해선 안 될 짓은 아닌 듯해 정녕 그 지경까지 가보지 않는 이상 뭐가 어떻게 될지는 알 수 없을 듯했다. 반면에 헤어지는 일은 뭐가 어떤 식으로 흘러가고 종결될지 손바닥 들여다보듯 훤했다. 한두 번 겪는 일도 아니었으니까. 그렇다면 굳이 몇 번이나 거닐었던 그 비통의 길로 다시금 나아가 볼 필요가 있을까. 인생은 한 번뿐이라는데 나는 어째서 매번 똑같은 길로만 다니려고, 그게 가장 올바른 선택이라고 여기며 사는 걸까. 대체 무엇을 근거로.

*

그 밤, 이렇다 할 결론도 없이 통화를 마치고 옥상에서 내려오는데 얼마 전 H가 해준 이야기가 떠올랐다. 어느 날 아침에 일어나보니 집에 새 한 마리가 들어왔다는 거였다. 한겨울이라 창문을 열어둔 곳도 없었는데 어디로 들어왔는지 도통 알 수가 없었다고. 날개의 가장자리와 꽁무니에 연푸른색 깃털을 지닌, 참새보다는 크고 비둘기보다는 작은, 찌르르 하면서 울어대는 검은 새였다고 했다. 그 새가 집 안을 사방팔방 휘젓고 다니는 바람에 H는 어쩔 줄 몰라 하며 도망 다니다가 창문을 모두 열어두었다. 새가 스스로 나가주기를 기다리며 세수를 하고 옷을 갈아입었다. 그런데 추위에 덜덜 떨면서 어찌어찌 외출 준비를 마쳤는데도 변함없이 새가 집 안을 배회하고 있어서, 오줌이며 똥이며 아무 데나 싸지르고 다녀서, H는 현관 앞에 우두커니 선 채 시계를 올려다보다가 아주 잠깐이지만 저걸 죽여야 할까 생각했다. 저걸 죽여야 하나. 그래야 끝이 나. 그러다가 새를 진심으로 죽이고 싶어 하는 스스로에게 놀라 집을 뛰쳐나왔다. 어쨌거나 창문을 열어두었으니 알아서 탈출하겠지 싶었고 약속 시간도 얼마 남지 않은 상태였다고.

그런데 막상 나를 만나서 데이트하는 동안에는 새에 대한 생각이 조금도 나지 않아서 그 이야기를 들려주지 못했다고 했다. 나와 헤어지고 집으로 돌아가는 열차 안에서야 다시금 새 생각이 났고, 그래서 뒤늦게나마 전화를 걸어 나한테 새 이야기를 들려줄까 싶었는데 왠지 내가 그걸 신기해하면서도 아니 그런데 왜 만났을 때 이야기를 안 하고 지금 해? 너는 꼭 그러더라 같은 말을 할까 봐, 왠지 그런 추궁의 상황이 벌어질까 봐 하지 못했다고 했다. 그리고 어차피 새는 이미 사라지고 없을 텐데, 열린 창밖으로 멀리멀리 날아가버렸을 텐데, 굳이 없는 새 이야기를 이제 와서 할 필요가 있을까 싶었다고.

그렇게 집으로 돌아와보니 정말로 새가 없었다. 집 안은 평소보다 고요하게 느껴졌고, H는 새가 없어서 다행이다 싶으면서도 문득 서글픈 감정이 마음의 밑바닥에서 일렁이는 걸 감지했는데, 그런 심정을 정확히 무어라 표현할 수 있을지 모르겠다고 했다. H는 새가 어질러놓은 집 안을 청소한 뒤 창문을 닫고 뜨거운 물로 오래 샤워했다. 침대에 드러누워 아이패드로 영화를 한 편 본 뒤에는 졸린 눈을 비비며 부엌으로 가 물을 한 잔 마셨다. 그리고 전등을 끄러 나갔다가 베란다 바닥에서 죽은 새를 발견했다.

새가 죽었다고?

응, 거기 그렇게 있더라고.

그날 밤 H는 맨발로 쪼그려 앉아 죽은 새를 가만히 바라보았다. 피를 흘리지도 않고 어디 하나 부러지거나 상처 입은 것처럼 보이지도 않는 새의 주검을 한참 동안 들여다보기만 했다. 끔찍하다. 아름답다. 징그럽다. 신기하다. 섬뜩하다. 기묘하다. 안타깝다. 홀가분하다. 그런 감정들이 내부에서 어지러이 교차했고 왠지 자신이 새를 죽인 것만 같았다고 했다. 그래서 새 이야기를 정말로 나한테 털어놓을 수 없었다고.
그런데 지금은 이야기하네?
응.
왜? 죄책감에서 벗어난 거야?
아니, 하면서 H는 고개를 가로저었다. 나는 죄가 없어. 내 잘못은 하나도 없어. 물론 새가 죽지 않도록 내가 뭘 할 수도 있었겠지. 내가 나서서 어떻게든 새의 죽음을 막았을 수도 있을 거야. 하지만 그러지 않았다고 해서 내가 새를 죽인 건 아니야. 새는 새대로 살다가 죽은 것뿐이야. 그 일을 그 자체로 받아들이기까지 시간이 좀 필요했어.

*

이제 나는 새의 자리에 H를 놓아보기도, 나를 놓아보기도 한다. 지금 자신이 왜 이곳에서 이러고 있는지 영문을 알지 못한 채 출구를 찾아 퍼덕거리는 몸짓에 H를 겹쳐보기도, 나를 겹쳐보기도 한다. 새는 새대로 살다가 죽은 것뿐이야. H는 H대로 살다가 죽은 것뿐이야. 나는 나대로 살다가 죽은 것뿐이야. 그건 너무 외롭지 않나, 잔혹하지 않나, 싶으면서도 이 세상에서 누가 그렇게 살다 죽지 않을 수 있는가 생각해 보면 아무도 떠오르지 않았다.

*

이튿날 저녁, 나는 오랫동안 신뢰해 온 P선배를 만나 H와의 상황을 이야기했다. 어떻게 해야 좋을지 모르겠다고, 왜 나한테 이런 일이 벌어졌는지 당황스럽기만 하다고 토로했다. 예상과 달리 P선배는 그리 놀라워하지 않았다. 유리잔에 든 빨대를 휘휘 저으며 요즘에 그런 사람들이 더러 있더라고, 내 주변에 너까지 네 명째야, 라고 말했다.

정말요?

그래, 무슨 유행인가 봐.

그러면서 어느 후배의 이야기를 들려주었다. 그녀는 결혼까지 생각했던 남자친구가 폴리아모리로 살아가기를 원하면서 헤어졌다가 다시 만나고, 헤어졌다가 다시 만나기를 반복했다. P선배가 알기로만 2년 동안 일곱 번을 헤어지고 여덟 번을 다시 만났다고.

말도 마. 헤어질 때마다 죽을 것처럼 너무 괴로워하는 거야. 밥도 못 먹고 잠도 제대로 못 자고. 그렇게 일주일에서 한 달 가까이 가슴앓이하다가 결국에는 다시 그 사람을 만나러 가는 거지. 왜냐하면 그 사람은 언제나 열려 있고 진심으로 자신을 사랑해주니까. 그렇게 재회하면 순식간에 희열이 차오르고 애정이 넘쳐흘러서 행복하게 지내. 하지만 오래지 않아 마음이 잦아들면서 이럴 거면 뭐 하러 만나지? 나에게만 충실하지도 않은 사람에게, 결혼하지도 않을 남자에게 내가 뭐 하러 시간과 감정을 쏟아붓고 있지? 그래서 다시 헤어지기로 결심하는 거야. 하지만 볼 수 없게 되면 또 너무 그립고, 힘겹고, 나 말고 다른 사람도 사랑한다는 것 외에는 아무런 문제가 없는 것 같고, 결혼한 부부들도 실은 알게 모르게 불륜을 저지르거나 쇼윈도로 지낸다는 걸 떠올리고, 어차피 세 쌍 중에 한 쌍은 이혼한다는데, 이럴 바에는 관습에 얽매이지 말고 모두가 마음껏 사랑하며 살아가는 세상이 낫지 않나, 그 편이 훨씬 바람직하지 않나, 어쩌면 몇 세대 후에는 모노가미가 인류의 가장 큰 불행이었던 걸로 밝혀지는 게 아닐까, 별의별 생각을 다 하는 거지. 그러면서 다시 만나러 가는 거야. 그런 반복, 반복.

그래서 어떻게 됐어요?

어떻게 되기는 뭐가 어떻게 돼. P선배는 나를 나무라듯 말을 이었다. 폴리아모리든 오픈릴레이션십이든 엔딩은 다 똑같아. 결국에는 헤어져. 방식이 조금씩 다르고 시간이 얼마나 걸렸는지의 차이가 있을 뿐이지. 이건 내 생각인데, 인간은 최소한의 제약마저 없으면 방종에 빠지게 돼. 그래서 돈으로 얽히고 제도로 얽히고 뭐로든 얽히고설켜야 도망을 못 가서 마음을 다잡으며 산다고. 그렇게 희생과 헌신을 배우게 된다고. 게다가 말이야. 누구와도 사랑할 수 있다는 건 어쩌면 누구와도 사랑하지 않겠다는 것과 같을지 몰라. 그러니까 H랑 헤어져. 알겠니? 야, 내가 너니까 이렇게 말하는 거야. 입장을 바꿔 생각해 봐라. 만약에 네가 아끼는 후배가 지금 너한테 와서 이런 상황을 고백해. 그러면 너는 뭐라고 이야기해 줄 거야? 그 사람을 계속 만나라고 응원할 거야?

나는 그렇다고 말할 수 없었다.

이별의 고통을 일시불로 처리하느냐 할부로 나눠서 처리하느냐를 선택할 수 있다는 게 이런 상황의 가장 큰 문제 같아. 대부분이 상실의 괴로움을 견디기 어려워해서 3개월이든 6개월이든 분납을 선택하고 마니까. 내가 말한 후배는…… 24개월로 나눠 치른 셈이지. 여덟 번째로 헤어지던 날에는 눈물도 안 나오더래. 집으로 향하는 길에 친구들한테 연락해서 같이 저녁 먹고 노래방에 갔다더라. 너무 피곤해서 간만에 푹 자고 일어났는데 아침에 눈을 뜨자마자 알았대. 끝났구나, 정말로, 하고 말이야.

*

다음 날 저녁, 집으로 향하는 길에 소나기가 내렸다. 예보에 없던 비였다. 평소라면 30분도 걸리지 않아 집에 도착했을 텐데 도로가 정체되어 한 시간 넘게 버스 안에 앉아 있어야 했다. 그러다 보니 나는 하릴없이 창밖을 내다보며 P선배가 해준 이야기를 곱씹었다. 캄캄한 어둠 속에서 점멸하는 불빛들을 건너다보다가 조금 엉뚱한 의문에 사로잡혔다.

그런데요, 선배…… 만약에 그녀가 아홉 번째로 그 남자를 만나러 갔다면 어떻게 됐을까요. 더 이상 그 남자와의 이별이 두렵지도 슬프지도 않게 되었을 때, 언제든 사랑이 끝나도 괜찮다는 것을 머리가 아니라 온몸으로 받아들이게 되었을 때, 그 남자가 다른 사람을 사랑해도 무방한 상태가 되었을 때, 그때 한 번만 더 그 남자를 만나러 갔다면 어떻게 됐을까요. 어쩌면 그 남자는 그녀가 그러한 마음가짐으로 자신을 찾아와주길 기다리고 있지 않았을까요. 그렇다면 그건 그녀의 아홉 번째 재회가 아니라 지금까지와는 전혀 다른, 두 사람의 첫 만남이 되지 않았을까요.

*

그리고 일요일 오후, 나는 H가 사는 동네로 향했다. 우리는 이별이니 뭐니 그러한 위기를 겪어본 적도 없는 사람들처럼 근처 중국집에 들어가 탕수육과 짜장면을 먹으며 대화를 나누었다.

이 집 맛있네.

맛있어.

양이 되게 많다.

형, 그런데 이거 저번에 나랑 같이 먹지 않았어?

우리가 이걸 먹은 적이 있다고?

아닌가. H는 고개를 갸웃했다. 친한 친구들이 놀러 올 때마다 여기서 같이 저녁 먹었거든.

그래? 나는 무심히 대꾸했다. 그럼 나는 친한 친구도 아니었나 봐.

뭐래.

식사를 마치고는 근처 마트에서 과자와 아이스크림, 캔맥주를 사 들고 H의 집으로 갔다. 우리는 거실 소파에 조금 간격을 두고 앉아 맥주를 홀짝였다. 어색한 분위기를 깨려고 텔레비전을 켜서는 H가 예전부터 관심 목록에 담아둔 〈솔로 활동 여자의 추천〉이라는 일본 드라마를 보았다. 출판사 편집부에서 자발적으로 계약직을 고수하는 마흔 살의 여자가 혼자만의 시간을 즐기기 위한 활동을 하는 게 내용의 전부인 작품이었다. 에피소드마다 여자 주인공이 혼자서 고급 리무진을 타고, 혼자서 동물원과 수족관에 놀러 가고, 혼자서 러브호텔에 숙박하고, 혼자서 캠핑장에 가 고기를 구워 먹고, 혼자서 열기구에 탑승하여 하늘로 날아오르는 게 전부인…… 그렇기에 주인공이 어린 시절부터 지녀온 트라우마랄지 달성해야 할 목표랄지, 가족과의 갈등도, 연인과의 사랑도, 직장에서의 희로애락조차 전무한 드라마였다.

이런 걸 드라마라고 할 수 있나.

내가 물었을 때 H는 이런 것도 드라마지, 라고 대답했다. 그리고 요즘 사람들은 이런 걸 좋아해.

이런 걸 좋아해?

응, 이렇게 사사로운 일상에 주목하면서, 누구와도 대립하거나 복잡한 사건에 휘말리지 않고, 스스로 충만한, 이런 걸 좋아해. 현실에서는 오히려 이루기 어려운 것들이니까.

그렇구나.

그래서 너도 그렇게, 라는 말을 가까스로 삼키며 나는 H를 흘긋 바라보았다. 순간 H와 나 사이에 도무지 건널 수 없는 강이 흐르고 있는 것만 같았다. 그래서 나는 리모컨을 들어 영상을 일시 중지한 뒤 H를 향해 돌아앉았다. 실은 할 말이 있다고, 그래서 오늘 여기에 온 거라며 어렵사리 입을 열었다.

한 번만 말할 거야. 잘 들어. 나는 말이야. 요 며칠 우리에 대해 생각하고 또 생각했어. 그러면서 한 가지를 분명히 알게 됐어. 내가 다칠까 봐 두려운 게 아니라 누군가를 잃을까 봐 이토록 무서워한 적이 지금까지 한 번도 없었다는 걸 말이야. 이게 무슨 뜻인지 알겠어? 나는 너를 사랑해. 네가 사랑하는 방식과는 다르지만 나는 내 방식대로 여전히 너를 사랑해. 그래서 결론을 내렸어. 네가 나를 위해서 너를 꾹 누르며 지내온 시간만큼, 적어도 그만큼은 나도 네 곁에 있을게. 그러면서 나도 어디까지 변할 수 있을지 알아볼게. 이건 너를 위한 희생 같은 게 아니야. 이제는 내가 그러고 싶어졌어. 내가 모르는 너의 사랑이 뭔지, 네가 누군지 전보다 더 이해하고 싶어졌어.

정말이야?

응, 그런데 하다가 너무 힘들면…… 도저히 못 버티겠다 싶어지면…… 나는 말끝을 얼버무렸다. 중간에 도망칠지도 몰라.

H는 고개를 끄덕였다. 그래, 도망쳐도 돼. 그런 건 부끄러운 게 아니야.

도망쳐도 돼?

응, 나는 형이 도망가도 사랑해.

도망가도 사랑해? 라고 되물으려다가 나는 울컥하는 기분에 휩싸였다. 아니야, 내가 도망가면…… 애써 감정을 추스르며 덧붙였다. 그때는 사랑하지 마.

아니, 나는 형이 도망가도 사랑할 거야.

사랑하지 말라고.

사랑할 거야.

그 말에 나는 참지 못하고 울음을 터뜨렸다. 도망간 사람을 왜 사랑하는데. 뭐 하러 사랑하는데. 혼자 중얼거리며 무릎에 얼굴을 파묻었다. H는 그런 나를 조용히 안아주었다. 손바닥으로 등을 가만가만 쓸어주기도 했다. 나는 H의 품 안에서 어깨를 들썩이며 흐느꼈다. 그러면서 뭐가 어떻게 되어가는 건지, 누가 누구를 덜 사랑하는 건지, 더 사랑하는 건지 정말 모르겠다 생각했고…… 한 달로 예비했던 사랑의 방학이 일주일도 지나지 않아 종료되었다는 사실에 비로소 안도했다. 그리고 1400일 넘게 지속되었던 나의 사랑이 오늘로써 완결되었음을 깨달았다. 대신에 전혀 다른 사랑이 시작되는 듯한 조짐을 느꼈다. 오랫동안 내가 믿어온 사랑이 저물고 사그라든 자리에 아직은 내가 믿기 어려운, 감당할 수 있을지 어떨지 가늠조차 되지 않는, 한 번도 경험해 본 적 없는 사랑이 새롭게 움트며 자라나는 듯한 기적을.

작가 노트

 사랑이 시작되는 순간부터 그것이 종료되는 시점을 염두에 두고 살았다. 내게 시작과 끝은 늘 하나처럼 붙어 있었다. 그 감각은 나를 오래 불안하게 만들었으나 덕분에 이런 소설을 쓸 수 있도록 구호하기도 했다.

 요즘 나는 하나의 시절이 끝나가고 있음을 느낀다.
 새로운 사랑이 시작되고 있음을 느낀다.

박선우
소설집 《우리는 같은 곳에서》, 《햇빛 기다리기》가 있다.

큐큐퀴어단편선 6 《서로의 계절에 잠시》
독자 북펀드에 참여해주신 모든 분께
감사의 마음을 전합니다.

Akiming	그소은	나부랭이
BEAN	김누리	나비
Chloe	김다민	나헤린
J	김모란	남그린
mopop	김민서	노성은
Rachelly	김민지	노유나
seung	김병운	노유진
YJ	김보나	느네때문
가람	김보연	다다
감태 룰루	김새연	다원
강나은	김소영	대추씨
겸다	김수린	도마(정우)
高松	김수연	독서모임 온보드
고유진	김윤진	들깨정강
고해안	김은지	디에고토비
광게	김재미	류다현
권세나	김재민	류수민
권윤하	김태형	리나
권은정	김한솔	리본

마나파이	아샬	윤소정
마담진	안상희	윤지안
문소희	안예린	이도돌
문아영	안윤애	이도은
박다솜	압지사랑월지	이리안
박상현	압지사랑초로기	이승진
박승연	양쑨이	이영
박준희	역자감태	이예림
박지성	연	이조흔
박지영	연	이주행
박진솔	연수로영현 둘	이주혜
배현숙	열음	이진현
보배	영영	이팥빵
서유빈	예린	이현지
성 열	오낫타투	일월
성효선	오미자차	임민희
소유정	오유진	임진아
수정	오지은	잔디
스누피똥	오호두	잠시 내가 너였던
스쉘이	올리브 플라	장다혜
시리	용사코징가	쟈가운
신지우	유리	전미진
신화영	유민	전소영
심아린	유민	정 여 슬
쑤이	유일	정(씨)직원
아밀	윤남	정부친구

정상철	채선화	한요나
정새봄	챠미	한재현
정서진	체리마토	한혜선
정현지	최강희	허둘
제제	최글루	현영
조경미	최보윤	현현
조르	최수지	혜민
조안제제	최예원	혜윤
조윤정	최은현	홍예당
조진미	최현슬	홍지수
조현빈조수빈	키묘	
지돌뽀삐	풍화	외 41명
진(R)	하리	총 214명 참여
참나	하이	

서로의 계절에 잠시

2023년 10월 25일 초판 1쇄 발행

지은이	천선란, 이반지하, 오호두, 서장원, 정보라, 박선우
펴낸곳	큐큐
기획진행	최성경, 이유나
편집	한나
출판등록	2018년 6월 18일 제2018-000043호
팩스	0303-3441-0628
이메일	qqpublishers@gmail.com
ISBN	979-11-91910-11-7　04810
	979-11-964381-0-4　(세트)

ⓒ 천선란, 이반지하, 오호두, 서장원, 정보라, 박선우 2023. Printed in Seoul, Korea

책값은 뒤표지에 있습니다.
잘못된 책은 구입하신 곳에서 바꾸어 드립니다.